庆祝
什么也不干的一天

园有桃 —— 著

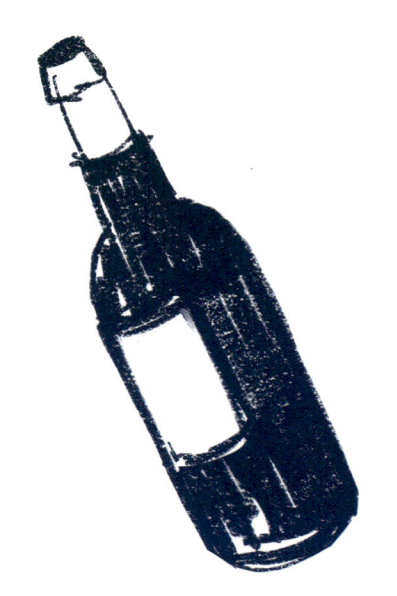

智利生活手记

浙江摄影出版社
全国百佳图书出版单位

Contents
目录

001

第一部分
跨半个地球结个婚
- 002　结婚不过是件天大的小事
- 012　在一群油腻的人之间，他是个少年
- 019　没有一杯马黛茶无法挽回的感情

028

第二部分
圣地亚哥的面孔
- 030　这里是首都，强烈、孤绝又浪漫
- 051　让人挪不动腿的集市
- 065　聂鲁达的星辰大海

078

第三部分
一个智利家庭的缩影
- 080　可惜何塞不识字
- 089　我那"自私"的智利婆婆
- 098　世界人的行李箱
- 106　搬家记

114

第四部分
急性子坠入智利慢生活

如何温柔地肢解一只鸡　116
大胡子达尼洛　121
智利式宽容　131
享受当下，你内疚吗　140
庆祝什么也不干的一天　145
智利人的金钱观　151
一个人要像一匹马，奔腾起来，不问明天　157

164

第五部分
游荡在世界之南

瓦尔帕莱索，不仅是昔日荣光　166
拉塞雷纳，流浪汉和狗一起舞蹈　178
埃尔基谷的小镇，永远天晴，永远黑暗　185
在海边，沙漠里的迷雾森林　201
把海景房分给墓地和监狱　208

后　记

第一部分

跨半个地球结个婚

我没见过胡安敷衍过任何一个人。他从不轻易否定,也不轻易伤害,他从来没想把你揉成一个更适合他的形状,他想要的就是你现成的这个形状。他也不打量,而是看着你的眼睛、表情、头发和手。他完全不在意你在宇宙中的位置,更不在意那些社会性的你,他只在意你本身。

结婚不过是件天大的小事

还有一周就要结婚,我和胡安还在纽约闲逛。我们当时在曼哈顿租了间房子,无论去哪儿,都得从中央公园穿过。看见人们爬到大石头山上,吃着干粮、香蕉,一阵阵大麻味儿传来,胡安说:"人类其实就是猴子啊,给块石头,人人都想往上爬。"

于是,我们也爬了上去。静谧的傍晚,这些相互依偎的情侣也是静谧的,偶尔传来男女嬉笑打闹声,一行穿短裤的学生在冷飕飕的秋天跑过的声音,几秒钟之后,这声音也消失在静谧里了。湖水映着天上的暖橙色,让人特别想睡觉。直到这个时候,我还不清楚我们具体结婚的时间,具体在哪个部门登记,结婚流程是什么,都有谁参加……我只准备了一件事儿——定做了一件香云纱旗袍。

"咱们不缺啥了吧?我旗袍也有了。"我说。

"嗯,应该没什么大问题。"胡安说。

过了一会儿,他想起来,他还没买西服,而且我们连戒指也还没买。

"应该来得及吧?"我问。

"那当然了。"胡安回答。

已经在纽约待了好一阵,眼看要去胡安的老家智利了,我们这才跑去商场看戒指。胡安一去就选了个素圈,买了。我没看到特别喜欢的,它们大部分带钻石,我不喜欢钻石,它们各个宣称着财富、被宠爱,以及都市女孩没什么想象力的脆弱的虚荣。

店员是个二十来岁、戴着两只卡地亚大镯子和三只戒指的金发女孩,像个芭比,怀着孕,化着浓妆。她惊讶地说:"竟然还有不喜欢钻石的女人!"她挺着大肚子走来走去,帮我选了一只比胡安的戒指小几号的素圈。

我跟胡安开玩笑:"咱俩是要拜把子吗?"

他问我:"什么是拜把子?"

我说:"那意思就是,戴上这个戒指,我们虽不能同年同月同日生,但能同年同月同日死了。"

就在我们扯淡的节骨眼儿,一个中年店员走来,她说:"戒指一定得找个喜欢的,这可是要戴一辈子的东西,每天见每天爱才行。"

我好像这才突然意识到,我们要做的可是一件大事啊!

我们出了店。胡安安慰我说:"咱们接下来几天不干别的了,专门在纽约找戒指。只要你喜欢的,只要买得起,我们就买。"

我说:"不行,怎么能把时间花在逛街上?得玩儿。"

我们转身进了另一家店,店员是个典雅的黑人姑娘,三十多岁的样子,气质柔和。我跟她说:"我想要个没有钻石的婚戒,简单一点儿的,能每天见每天爱的。"

她哈哈笑了,说:"有,好的,等着我。"她转身去柜子里拿,她的言谈举止好像邻居家的阿姨去取点心了:"有,好的,给你,你可等着。"我们俩坐在椅子上,抠抠手,贫个嘴,瞅瞅她,只见三个盒子递过来了。

第一个呢，一溜儿小钻，细细长长的不明显；第二个呢，素圈，形制上略有设计，这个"略有"的意思是，胡安根本分辨不出来；第三个，就一圈儿，藏着一个我都看不出来的小钻。

我看中了第三个，试了试，正是我的号。再大或者再小，今天店里都没有了。

黑人姑娘问我从哪儿来，我说中国。她又问胡安："你是美国人吗？"胡安说："我是智利人。"

她张大了嘴，惊讶地说："你们怎么认识的啊？地球上最远的两个国家。""是相距最远吧？"她向我们确认。

胡安说："差不多，阿根廷是距离中国最远的，智利跟它挨着。"

店员啧啧称赞："这得是什么样的爱情才能跨半个地球结婚，完全不同的文化背景，完全不同的生活方式。"

说这样的漂亮话，也是她工作内容的一部分。我差点就被她忽悠得感动了，赶紧悬崖勒马。

我们决定买下这第三只戒指。黑人姑娘说："你们稍等，我去拿点东西。"她在黑色的薄羊绒衫外披了件黑色外套，出了店门。

她回来时，带着三盒包装精美的巧克力、一只蓝色的零钱夹，说："这些是我们剩下的全部礼品，全送给你们。你们要喝香槟吗？我真想给你们庆祝庆祝。"

不解风情的胡安立即说："谢谢你啊！可是我们都不爱喝酒。"那个轴劲儿让我在旁边忍不住揪了一把他胳膊。店员说怕人发现我们买了贵重玩意儿，特意准备了个普通蛋糕袋打掩护。

我们拎着两盒戒指，高高兴兴地在商场关门前一刻走了出来，觉得结婚已经万事俱备了，只差一套西服而已。此时我们饥肠辘辘，路过一家比萨店买了几块比萨、酸奶和矿泉水。我跟胡安说："这一年我都不会再吃比萨这种东西了，我心里全是剁椒鱼头、回锅肉，要是再来一碗羊肉汤，今天就算齐齐整整了。"

降落在世界的尽头

飞机抵达圣地亚哥时正是黎明。太阳从安第斯山脉拔出来，热烈又孤寂。这是地球上最南方的国家，据说智利在当地土著语言里也有"世界的尽头"的意思。

胡安的爸爸文森特几十年来满世界跑，每次坐飞机离开，看见圣地亚哥周围的群山，他都会流眼泪。

这些山像要和人诀别了，从飞机上看，不是多高，多雄伟，不是用气势撼动你。在太阳拔地而出之后，群山映上了红色，你想要拥抱，而不是仰望。

终于，我们和胡安的爸爸妈妈、弟弟妹妹以及园丁何塞团聚。巨大的花园里，所有鲜花都在盛开，好像就是为

正是鲜花盛放的季节，所有鲜花一起盛开，从日出到日落，每一撮儿光线都打动过我

了欢迎这个中国儿媳妇的到来。我对胡安说:"你们家是 4 月的陶然亭啊!你们家的植物比陶然亭的还丰富。"

之后,我们才提出要买西服的需求,毕竟还有两天就要结婚了。

胡安的妈妈吃惊地说:"你们在纽约没买吗?"然后着急地带着我们去商场。

买了西服发现还得买鞋子,买了鞋子发现还得买领带和袜子,一小时后,全部搞定。全家聚在一起问胡安:"后天婚礼几点开始呀?"

胡安这才打开手机查看预约的时间:11 点,在市政登记处。我们还需要两位婚礼证人、一位翻译。于是,胡安的妹妹皮拉尔和双胞胎弟弟之一菲利普成了我们的证人。婆婆卡门原本就是位出色的英西同声传译,当然就由她来担任翻译。园丁何塞却不喜欢婚礼这样"隆重"的场合,去花园里选了一束白玫瑰扎好送给我。

我们劝何塞:"去吧去吧,我们的婚礼绝对极简,没有那种虚张声势的隆重。"这是我们早已达成的一致。

何塞坚持不去,要和查托、巴卢在家等我们。查托和巴卢是两条好客的大狼狗,按捺不住热情的时候要猛地扑过来撒娇,它们扑一下就能让你摔倒。只有何塞能镇住它们。

圣地亚哥的光线透进屋里,也是橙色的

小小的婚礼

婚礼一早，8点，我就被胡安喊起来。洗澡、更衣、吹头发、化妆，看着跟平时也差不多呀，不怎么像新娘子。换上旗袍、高跟鞋，好像有点新娘子的意思了。

卡门换上了连衣裙，戴上珍珠和其他七七八八的首饰。妹妹皮拉尔用我送给她的小丝巾绑了绑头发。双胞胎弟弟的另一位——尼古拉斯，穿了西服却忘了把皮鞋带来，西服裤腿儿下面闪着一双白色运动鞋。卡门一边埋怨，一边叮嘱所有人："哎，拍照别拍脚啊！"

胡安第一回穿西装，还挺好看的，但他更在意头发是不是看起来有点忒少了。大家都看出来了新郎的紧张，纷纷给他拥抱。大家也开他玩笑："趁你还没谢顶赶紧把婚结了！"

另外三个男生是胡安交往了十多年的好朋友：当时正在监狱里当文学老师的达尼洛，当中学老师兼吉他手的吉米，以及开了家不赚钱的出版公司的诗人蒂托。

一路上，每家每户种着的鲜花都从墙内漫溢出来，白玫瑰大团大团奄在我们一行人的肩头，要用手拨开。市政登记处门口，蓝花楹热烈地盛开着。

这是一处小巧的市政单位，我们十几个人在登记处门口时都显得声势浩大了。加上一个东方面孔的女人，手握一束白玫瑰，人人都知道我是来结婚的主角，纷纷向我们投来微笑，更为热情的人则向我们送来祝福。

"先登记。"工作人员说一句，卡门便为我翻译一句。工作人员核实我的出生年月、国籍、是否单身，又说智利有两种形式的婚姻：

一种是财产共有，另一种是财产不共有。我们不约而同地选择了共有。

登记结束后，我以为这就结束了，还有点惊讶。虽然我向往一个简单的结婚仪式，但这也简单得太出乎意料了。我还许诺了我爸拍全程视频给他看呢，这让我发啥？

我推了推胡安，说："然后呢？"

他说："我也不知道呀！我也头一回！"

这时候，工作人员领我们进了一个房间。书桌的一角，插着智利国旗和中国国旗。她解释说，在这里，他们准备着全世界的国旗，方便外国人来这儿结婚，但真是很少使用到中国国旗呀！

上 | 两只大狗之外，还有一只名为苏西的小母狗，混熟了之后，它们仨经常一齐扑向我……啊，我婚礼的旗袍被摁出好几个脚印

下 | 每日我总在花园里工作，搬着桌子，追着树影

全场人关掉手机，震动模式也不行。仪式要开始了。她手捧一本册子，用温柔而严肃的语气对我们说："婚姻是美好的，但往往问题重重，尤其像你们俩，来自完全不同的文化背景，需要更多的体谅和宽容。解决所有问题最好的方式，就是敞开心扉去沟通。"

她说到这儿的时候，我想起胡安刚刚跟我在一起时，我们常常坐在咖啡馆里或在我家客厅的桌子前，从下午一直聊到晚上。聊20世纪的拉丁美洲，博尔赫斯、马尔克斯、波拉尼奥和聂鲁达；聊中国、街道、童年的景色，以及他的一个个浪漫至极的短故事。我们所做的最多的事就是谈话了。两年来，我为我们依然有话可聊感到高兴。我偷偷瞄他，真是难以想象，我居然要和这个智利小子结婚了？

她又说了许多长句子，我以为仪式快要结束了，然而还没有——卡门说："刚才那一堆，是她本人叮嘱你们的。正式的法律条文还没开始呢！"

又是20分钟的宣读，核心意思是，你们正式结为夫妻了，想好了就可以交换戒指。我们毫不熟练地交换了戒指，然后亲一亲。

站在角落里的吉米哭得满脸是泪，他是现场情绪最为激动的一个，比我们当事人还要陶醉。然后是仿佛永无休止的相互拥抱、亲吻，每个人都和另外的所有人抱了又抱，亲了又亲。胡安的一个弟弟说，我亲了他两次——我又弄混了这对儿长得一模一样的双胞胎。

仪式结束，全程为我们摄影的两位登记处摄影师也来与我们拥抱，祝贺我们成为夫妻。

出来正好是中午。我坐在胡安的车上，后面挤着三个欢天喜地的朋友。吉米高兴地跟着音乐唱起歌来。胡安使劲儿扯下领带："哎呀，热死我啦！"说完，扭过头来问我："你觉得今天怎么样呢，my wife？"

让妈妈也看见

已经是中午，我们在一家意大利餐厅聚餐。长桌的一头，胡安的爸爸端坐着；另一头，是胡安的妈妈。这么安排座次更多是因为他们俩已经分手了，坐一块儿也没话说。因为起得太早，一大桌人都十分困倦。不知在大部分拉丁美洲人会选择的那种通宵跳舞的婚宴 party 上，人们是怎么熬下来的。

当天晚上，卡门来我们的房间聊天，说了三次晚安，亲了三次额头，还不肯走。她又去拿来今天婚礼她穿戴的行头，跟我解释："这是胡安外婆留下的结婚戒指；这是胡安的奶奶六十多年前在纽约一家小店里买下的戒指，她一生里经常戴着它；这件连衣裙，也是他奶奶留下的；以及这块手表，是胡安外公戴了一生的。我戴着它们，是为了让这些老人都能看见今天的婚礼。"

拉丁美洲人对亡者亲切，这点和中国人很像。他们盼着去世的亲人回来看看，我们也一样。我当时想，我离世的妈妈，大概也从未比此刻离我更近了。她一定在跟着我，为我祝福吧！也因此，这本书，送给我的妈妈。

结婚不过是件天大的小事

婚礼大约是为了活着的人，也为了让逝者看到。圣地亚哥的雨后，天空迅速晴朗起来，阳光透进窗子温柔极了，好像是来自逝者的祝福

在一群油腻的人之间，他是个少年

我以为是胡安太软弱。

我没跟他说，因为这一听就不是开玩笑，会伤着一个男人的自尊心。他整日整日地慢条斯理，细细地活在日常的一笔一画里，凡事都不操之过急。

刚刚在一起时，我们在一个海边城市旅行，9点40分才收拾好下楼，趁着最后一点时间吃酒店里的早餐。我们面对窗口，望着窗外的海。他慢慢地吃，一颗蛋、面包、咖啡、几片水果。他慢慢地吃，咀嚼的时候望着窗外，每一口都不落下。汤汁洒了，他停下来，擦掉，再继续吃。吃那样一顿饭，他眼睛里倒映着湿乎乎的海水和植物，越陷越深，好像同时吃下了窗外的景。

太阳照进来暖洋洋的，我在他旁边坐着，我也暖洋洋的。但他依然贯彻着一种胡安式的焦虑感，显得特别忧伤。那种气质当然非他独有，但是他身上显露得更加彻底，因为他更不加掩饰。

他不是那种大声嚷嚷的人，话也不多，每句话都包含感受，每

看水中的天空，胡安也能看半天。希望没有什么能打破得了他灵魂的静谧

个感受都用了真心。可能真心用多了，常常显得旅途劳顿，其实只是跑了半个北京城来跟我喝个咖啡。那张脸上一双深邃的、像要掐住你脖子的眼睛里，有一个放松的生命。我从没在那样深情的目光里见过任何房产和钱，也没见到年终奖和项目提成、父辈的逼迫以及城市的种种焦虑。这种放松里能看到某种实相。自从我带他买了两件亚麻衬衫，他再也没穿过别的衣服，说这在夏天的北京实在太凉爽了。

无论我吃什么水果，他都说他家有这样一棵树，橙子、樱桃、葡萄、牛油果……在他家工作了半辈子的园丁何塞照料这些果树和花草。

我当时没想到，没过多久，我竟跨了半个地球到这座花园生活了好一阵儿。虽然这时候，四个兄弟姐妹都已长大离了家，这所房子就像一条正在逐渐下沉的船。

大学毕业后，胡安曾在圣地亚哥下城区租了一处面对着教堂的公寓房，跟他合租的是个音乐人和另一个学哲学的发小。后来音乐人偷了他们的钱跑掉了，哲学发小去阿根廷读了经济学，胡安则到了中国。他说这件事很荒诞："我从来没想过我会来中国。"他的父母一直认为他会去美国继续读书。在圣地亚哥他也没穿过这样的衬衫，一个穿衬衫的白人在等级分化极为严重的智利，看上去太像医生、律师，太人模狗样，是"直白的精英"。他一直穿破T恤。二十岁出头的几年，他反对他家族的阶层。他自嘲说，反对得越热烈，衣服就越破。他后来觉得，白衬衣又代表了什么呢？我还是我。我反对什么、持有什么观点，真要寄托在一件白衬衣上吗？

我没见过胡安敷衍过任何一个人，包括陌生人。他关心你的语言，他关心你从你眼睛里流露出的东西。他体察你，感受你，理解你，然后靠近你。胡安从来没有试图压抑和说服我。因为他对你的理解建立在对一个整体的你的尊重的基础上，所以他从不轻易否定，也不轻易伤害，他从来没想把你揉成一个更适合他的形状，他想要的就是你现成的这个形状。

我有段时间要坐班，工作日他按捺不住，会来公司看看我。楼前的阳光下，在一群油腻的人之间，他是个少年。从你透过大门见到他的第一眼，你就知道他是少年。

他不是打量你，而是看着你的眼睛、表情、头发和手。他完全

在一群油腻的人之间，他是个少年

我后来才知道，胡安的恋旧，和他父母的教育有极大的关系。他家中依然保留着100多年前的波斯地毯、老画和老家具，连奶奶留下的一小块蕾丝方巾也被郑重地铺在小茶几上。左图右下角，一只胡安童年时喜欢的塑料鸭子依然伸着长脖子，好像正在嘎嘎叫

不在意你在宇宙中的位置，不在意你是不是失业了，是不是背着一只昂贵的包，他不在意这些社会性的你，他只在意你本身。面对这样一种态度，你愿意毫不羞涩地敞开自己，不会担心跌入什么陷阱或者人际的圈套。他的诚意完全让人释放心中的疑虑。

胡安给我带回了文学，一种写作的气氛，以及一种对人的信任感。有次我问胡安："你喜欢我什么呢？"他害羞，反问我："你喜欢我什么呀？"

他说了个西班牙语词，我说了个中文词，我们分别不知道对方说的是什么意思。翻译成英文词之后，发现居然是同一个词——"核心"。

胡安的这颗清净心，结婚后也没怎么变，只是更多用在了读书上。无论在多混乱、嘈杂的情况下，他永远坐得住，书也读得进，该干吗干吗，完全不受影响。对此，我很嫉妒。

别人生活什么样，他从不关心，也似乎从未羡慕过别人的生活。要是朋友得到好消息，他也真诚地感到高兴。他不是靠制定目标去生活，也不攀比，而是靠愉悦、正义和意义来生活。加上对消费主义的厌恶，对钱的没概念，除了生活必需，他把钱全都给我保管。他的袜子至少有一个洞，他不扔，继续穿，直到俩仨脚趾都露出来了，我就去偷袜子，给他扔掉。

我每天看书，但享受只是一部分，另外一大半是填满我茁壮的好奇心。我觉得我需要这个知识，要搞明白一些事情，搞明白自己，总是有个目的。因此有的书是使劲啃下来的，啃的时候未必愉悦，是饿了知道自己必须吃，不爱吃也得吃下去。像小时候被父母逼着吃空心菜，不是什么好滋味。实在不爱吃，在嘴里嚼半天咽不下去。或者一截菜下去了，连着一截还在嘴里，常常要靠囫囵吞枣才能利落地咽下去。

胡安还说不了几句中文的时候，就常说那句：请你慢慢品。有种小孩儿说大人话的滑稽。他是为了享受而阅读，不享受的就暂时不看了，绝不跟自己过不去。他读着特别愉悦的段落，会跑过来跟我分享。他不求速度，一段时间里，四五本堆在一起看。但是打开一本就要看完，以此表达自己的忠诚。阅读是他最大的爱好，在所有吃喝玩乐里，阅读享有最高优先级。所以他阅读时注意力非常集中，屁股好像焊在椅子上，你喊他，他常常听不见。

我坐不住，需要坐一会儿，站一会儿，趴一会儿，靠姿势的变化弥补阅读状态的枯燥。要喝茶，喝咖啡，吃零食，拈头发丝儿，揉耳朵，抠脸上起的痘，没痘的时候甚至希望长个痘出来，然后把它挤破。

我还得给自己设定目标，一周读完这两本书，这个月大致要看这个方向的哪几本，如果不这么做，我就不知什么时候才能完成了。

我会记住许多细节,用脑子和情绪记住一些,备忘录里也会记录一些,分门别类。晚上或者上厕所的时候,翻翻备忘录,好像看一遍就能验证今天其实有收获。后来我意识到,这些细节其实都是自我激励,也有点时间管理、效率管理的意思——看来我还是沾染上了些我讨厌的玩意儿。

我的原则是如此严苛,那胡安的原则呢?细想一下,他从不做"大的计划",不列"大的意义"。他从没要求过我,"你应该这样做,那样做才是正确的",或者说"大家都是这么过的啊"这样的话。他也绝不会凡事"掂量着来",不会试图用一种现成的"规矩"对付你,这"规矩"因为有道理可循,就最为安全,但也最不投入感情。倒是我偶尔会无意识地说这样的话:"你应该先擦桌子,后擦地,反过来的话,地板不就又脏了吗?"我好为人师,办事方法好不"深情"。因为没有什么事是唯一正确的,他觉得如果非要有什么事是必须要做的,那就是让你快乐的事。

新冠疫情最严重的几个月,胡安公司一周只上两天班,于是有大把时间待在家里。他学完了两本中文教材、一本六七百页的拉丁语教材,读了三四本小说和两三本社科类的书。我也不知道他具体怎么做到的,只是感觉要不是别的事儿打扰,他能在书桌前坐一天。

中文是一个字一个字学的,书是一行一行看完的,从没见他立个目标,给自己打气,用各种各样的方法让自己努把力。他根本就不是什么努力的人嘛,这事儿要是对他来说不好玩儿,他才不会坚持下来。

我在家有种轰轰烈烈的毛病,要干啥,首先要能听着响儿。我经常从里屋跑出来,跟他说:"我决定了!"

他淡定地抬头问我:"决定了啥?"

我说:"我决定这个月之内把这本英语书啃下来!决定把西班牙

语重新捡起来学！我决定每天坚持写 2000 字，这件事我现在就开始，说话算话！"

他一般都会说："那可太棒啦！"然后，用一种非常确信的语气给我信心："我觉得你肯定没问题！"

这些决定常常发生，但坚持下来的只有其中一小部分。胡安从没追究过，他觉得这证明那些我放弃的事我没有真心喜欢，而真心喜欢是没法强求的。

他会挑拣出那些我坚持下来还做得不错的事儿来夸我，比如我做柿染做了整整一年，他会说："你看看你都有产品系列啦！"

我做不下去沮丧的时候、没灵感的时候、写稿子抓耳挠腮的时候，他会敲敲我的门，说："我是今天的图书管理员胡安先生，请问你需要什么帮助吗？"

这时，他会放上一些音乐，给我煮个咖啡，泡个不地道的茶。在我们彼此都不讲理、吵架的时候，他也像个不懂事的少年，而那是日常生活的另一面。

没有一杯马黛茶无法挽回的感情

早上起来脾气不好，一般都是因为梦做坏了，定了坏基调。

6点27分，我"腾"地坐起来。

胡安问："你咋了？"

我说："没咋。"起来上了个厕所，就钻进厨房，然后才意识到我根本不想做早饭。

回到沙发上坐着，喝了口昨晚的茶，牙缝里冷飕飕的。旁边有袋怪味胡豆，昨天胡安买的，因为商品名不是宋体他又差点没认出来。多亏包装上一行醒目的拼音——CHONGQING GUAIWEI HUDOU帮了大忙。我撕开包装，郁郁寡欢地尝了尝，感觉还不错，再吃几粒，觉得更好吃了，麻味儿也显现了，又吃几粒，哎哟居然还挺辣，继续吃，袋儿见底了。

这时候才7点半，情绪还没出来。我好像梦见小时候的地下室了，我在几个木箱里收拾衣服，一股霉味儿，眼睛痒痒的。想起过去的事，梦里肯定又哭了。好像是人生在地下室的最后几分钟，要多抓点东西出来，心里着急，动作却慢，急醒了。

胡安不习惯我早上这样安静，也醒了，小心地走过来试探我："你还好吗？"

我说："我吃了一袋怪味胡豆。"

他说："噢，这么多啊！"

我说："多吗？你一次吃一个比萨呢！"

胡安说："比萨好吃，你那个是 bad joke 系列。"

胡安第一回说 bad joke 是吃肉松小贝的时候。"这明明是个甜品，你的眼睛、鼻子、嘴、大脑，一起期待它进入嘴里是甜蜜的滋味，结果一尝，咸的？这玩意儿是咸的？还有肉？这简直是个 bad joke。"后来吃蛋黄馅儿的青团、月饼、牛舌饼，他都觉得被嘲讽了。

我白了他一眼，懒得说话。

他问我："你想喝咖啡吗？"

我说："可以喝喝。"

他光着脚丫子跑去煮咖啡，洗手，放咖啡粉，开火。撒了一点肉桂粉，加了点水，端给我，说："你慢慢品！我再睡一会儿？"

我说："谢谢，你去吧。"

他如释重负。但还是不踏实，过了一会儿又来问我："你怎么不开心？"

我说："没有啊。"

他说："我都看出来了，你的脸像只不开心的猪。"

我说："滚。"

他说："你说说吧，为啥不开心？"

我说："我也不知道。"我在沙发上盘着腿，心想要是有一面落地镜就好了，看看我是不是像一只不开心的猪。

他说："我就知道！我就知道从面包那件事起，你就不会原谅我了！我早就知道！"

我过了几秒钟才想起来。

"面包那事儿对你影响这么大吗?"胡安说,"不是对我,是对你,从那天起你的态度就完全变了。"

我说:"怎么变了?"

他说:"你变得哀怨了。"

我说:"啊?你从哪儿学的这么个词?"

他说:"刚刚查的,你为什么这么恨我?"

我说:"没有啊,怎么恨你了?"

胡安的行为特征,就像村子里偶尔出现的小狐狸

他说:"你总是无缘无故地不开心,我就知道你在想那件事。你一想到那件事,就变成了包法利夫人,对我做的什么都不满意。"

我说:"吵架就好好吵,不要引用,用自己的语言吵。"

面包事件是咋回事儿呢?

那时我们还在中国,那天风和日丽,我们从北京东边骑车回到北京西边,刮着大风,我们却大汗淋漓。到家已经晚上7点多,我们决定烤一箱面包出来,这是智利人最常吃的主食。

我们已经很久不买面包了,外面买的太暄乎、太甜。在没有面包机的情况下,我们全靠手揉、自己烤。揉的工夫胡安出,别的都我来。这天我骑得腿疼,到家就歪在椅子里不想动,胡安揉着面,一会儿过来问我酵母够不够,牛奶够不够,鸡蛋、黄油怎么称重。我丢给他一个公式,知道他算不明白。

果然没算明白,牛奶加多了,稀,又加面,干了,这个量酵母又少了。我跑去帮他调。"揉吧!"我说。我洗干净手又回椅子里歪着。

过了半个小时,胡安怒气冲天,他对动手的一切事物都没啥耐心,跟自己生气。这时候最好的办法就是甭理他,而我比较坏,还老刺激他。

他冲出来说:"我觉得面已经揉好了,应该放烤箱了吧?"

我说:"对,放烤箱发酵。"

"好的,这就放进去。"他说。过一会儿又出来问我,"多少摄氏度啊?"

我径直走进厨房,准备自己调温度。他说:"你就告诉我得了,我自己来。"

我说:"上下 33 摄氏度吧。"

瞄了一眼垃圾桶,果然,他把两袋子高筋面粉都用完了。烤箱里一大团面等着发酵。我琢磨这一堆得吃一个月。

胡安说:"你确定 33 摄氏度吗?"

我说:"我确定,千万别弄错了,上下都得开,温度过高酵母就死了。"

他无力地用中文回敬我:"你才死了。"

然后我们俩一起歪在沙发上,聊起他同事为什么会举报另一个同事假装隔离拿全额工资的事。他觉得举报这种事儿太丑陋了。又聊起他们去年发的那个奖牌。每个奖牌都有一个编码,是跟员工护照、身份证号对应的,所以也不能赠送他人,不能遗失。更加不能拍照发社交媒体。

胡安和他的同事就问:"能不要吗?"得到的回答是不能。奖牌拿回来后我们就有点怕,这是不是什么监视设备啊?我们把大盒子里的奖牌抠出来,用手掂了掂,还挺沉。

我说:"没准儿熔了能当废弃金属卖。"

胡安说:"没准儿你以为熔了呢,转天一看它还能恢复原样。"

说完我们就更害怕了。把这块奖牌包装好,塞进暂时不用的被子里,藏好。

我推他起来看看面包发酵得咋样了。他反过来推我。

我站起来往厨房去,打开烤箱,温度明显高出室温很多,伸手一摸,面包外层已经硬了。我一看:下温 33 摄氏度,上温 133 摄氏度。

在那一刻,我猜我是发出了狼嚎。我说:"你是不是个大——傻——X!唯一一次让你发酵你就整成这样,你有没有责任感?你有没有脑子?你是吃屎长大的吗?"

他说:"你才吃屎长大的。我明明看见是 33 摄氏度啊!"

我说:"133前面有个1,你瞎了吗?"

我把一大盆半发酵半熟的面端出来,欲哭无泪。

他说:"那这个面怎么办?"

"只能扔了啊,能怎么办!"我气得想哭,"胡安,我真是不敢相信你是这么被养大的,我记得我和你妹以及你弟弟的女朋友逛街那天,聊起你们家的男人,你和她们说的一模一样,动手能力奇差,大脑发育不良。"

胡安说:"那能咋办?都已经这样了。要不,我明天下班再买面粉吧,面粉都没了。"

我说:"这样的事儿发生多少回了?你做事儿的时候就不能用点心?"

他说:"我确实经常犯错,但是你也犯错啊!"

我说:"咱俩犯的错是一个数量级吗?你说,我能信任你啥?让你买红薯你买土豆,让你买蒜苗你买葱,让你给面包发个酵你就直接毁了它。"

吵了半小时后,得出的解决办法是,无论多晚,他今天必须独自做出一批面包来。

他推着滑板车就出门了,过了半个小时才回来,买了一包普通中筋面粉。他开始小心翼翼地回忆,一个半小时前那个配方的算法,又没算明白,不得不喊我过去帮他。

我当然没好气,算完之后我说:"你把这个抄下来,放你钱包里,算是一日三省吾身。"

他说:"我从来没见过态度这么差的女的。"

我说:"谁遇上你态度都会变成这样。"

到面包发酵、捏成型,再二次发酵,终于送进烤箱准备烘焙的时候,已经快1点了。胡安很紧张,好像真正踏入了人生的考场。

他才告诉我，第二天他上早班，5点就要起床，要翻译8点播出的新闻。

我说："你去睡吧，我来盯着。"他死活不去。他说："如果我睡了，你就会抓住我的把柄不放，觉得你要为我的错误买单。"

我们为此僵持了一会儿，都累了，一人坐在一个大泡菜坛子顶上，看着烤箱里的面团迅速膨胀，相互挨得太近，争取不到成长的空间，只能向上继续胀大。

胡安嬉皮笑脸，说："面包宝宝发疯了。"

我瞪了他一眼，看着面团那样挤作一团、挤得变形，扑哧笑了，我说："我们那会儿的学生宿舍就这样。"

后来我们都去睡了，面包上盖了层锡纸，不糊就得。

那天之后三天，我都懒得理他。有几次我看见他待在另一间卧室苦思冥想，我说："你在想啥？"

他说："我在想为什么我动手能力这么差，是不是我们的教育里缺了什么。"

我说："你别找借口，达尼洛可不是你这样的。人家连木桌都会自己做。"

胡安开始每天搜大量视频来学习磨刀、装瓷砖、换水龙头、擦抽油烟机。当然，这只是"网"上谈兵。

我说："你这跟线上学游泳、书上学打架差不多。"

他说："你不是还在饭桌上学开车吗？"

我确实一直懒得去学开车。他在几次吃饭的时候，试图教我手把方向盘，怎么把车倒进车位里。

我把怪味胡豆最后一点儿末也吃了，袋子不断对折变成了个立方体，搁手上捏着玩儿。

我问胡安："面包事件给你留下了多大阴影啊？"

胡安说："很大。"他有点委屈，他委屈的时候非常好看，眼睛眨得更快，好像要流眼泪似的。胡安面带真诚的惭愧，好像对于自己的过错，自己也是无辜的，"我也不知道怎么着就这样了"的那种状态，好像这世上一切坏事都明明与他无关。

他站起来问我："你想来杯马黛茶吗？"

我说："可以喝喝。"

他再次起身去烧水的时候，我发现他睡裤后头有一根鹅毛，大概是从抱枕里掉出来的。他的头发在清晨时常常竖起，头发越长越金黄，像戴着个黄毛线帽子。

胡安把马黛茶放进我们家最大的一只茶碗里，又插进去一根不锈钢马黛茶专用吸管。我说："这不搭配，可真丑啊！"

他说："你就喝吧。"

我说："刚喝了咖啡又喝马黛茶，会不会心慌？"

他说："你就喝吧。"

我喝了一口，他说："没有一杯马黛茶无法挽回的感情。"

院子里牛油果树下的木桌，就是我常喝马黛茶的地方

第二部分

圣地亚哥的面孔

行人穿着乱七八糟的花衣服，坦荡地裸露着丰满、结实的肉体，从你身边路过，而且是强烈地路过。前一秒钟还在为美景惊叹，下一秒钟就被盗贼抢去了手机。残酷、荒诞又美好的事儿每天都在发生，前一秒钟让人崩溃，后一秒钟就被治愈了。

这里是首都，强烈、孤绝又浪漫

　　除了牛油果、车厘子、红酒、足球和聂鲁达之外，中国人对智利知道的还真不太多。智利地图怎么画？这是我常被问到的问题。长长的智利地图像是对联的一半，又像一幅被切割成十几段的蛇的解剖图。空降圣地亚哥，好似趴在了一条蛇的中段。

　　来圣地亚哥之后，我经常摊开长长的智利地图，端详世界"边缘"的这条小蛇，原来它竟拥有这么多神奇的自然景观。它被安第斯山脉和太平洋挤在中间，不仅有世界上最狭长的领土、世界上最干燥的沙漠，还是世界上距离南极最近的国家。

　　今天的智利，还经常被认为是拉丁美洲经济最发达、政治腐败最少、人均生活质量最高的国家。因为地震频发，智利的大部分建筑能抗 8 级地震。这被大海和高山挤成的丝带却滋养出智利人乐观、幽默的性格。智利人充满玩心，这种玩心让他们富有艺术创造力，这大概也是人口不足两千万的小

这里是首都，强烈、孤绝又浪漫

俯瞰圣地亚哥

国,却出现了两位诺贝尔文学奖获得者的原因。他们热爱音乐,流浪汉偷来的超市购物车里也会放着一把吉他,他们随时随地地乱涂乱画,满街涂鸦就是很好的证明。

如果要找到圣地亚哥的面孔,那一定会让人失焦。神秘的印加(Inca)文化印记、马普切(Mapuche)等原住民文化与欧洲文明带来的整套社会秩序相互碰撞,加上自然的地理隔离,形成了智利独特的面貌。它是如此色彩丰富,在这里闲逛,你会发现智利人绝不会容忍一面墙没有涂鸦。行人也是如此,他们穿着乱七八糟的花衣服,坦荡地裸露着丰满、结实的肉体,从你身边路过,而且是强烈地路过。圣地亚哥是美洲最大的城市之一,它的浪漫、抒情与大量盛开的花朵一样毫不羞涩,与此同时,它也是世界上贫富差距最大的城市之一。在圣地亚哥生活,从住在山里的富人家到开车都不敢停留的贫民区,从400多年历史的文化中心到持枪的劫车匪,从深入骨髓的阶层意识到给你拥抱的陌生人……甚至就算在圣地亚哥的市中心,晴天和阴天的差距都如此之大。艳阳天里,这些极具创造力的色彩斑斓的涂鸦明艳亮丽;而在阴天,市中心的脏乱就凸显出来了,好似走进了地狱里。这一切,构成了圣地亚哥真实的面容。

智利当然有拉丁美洲国家的那些特点,正如生于秘鲁的美国作家玛丽·阿拉纳(Marie Arana)所概括的:"使我们欲罢不能的还有其他一些东西,它们显示了这个地区可爱的一面,例如:我们对艺术的迷恋、对音乐的激情、对烹调的喜好、对修辞的热爱……顾家爱家、热情待人也是这个地区人民最突出的特点之一。但是,在我看来,这些都比不上拉丁美洲对采矿的痴迷、对蛮力的喜爱和对宗教的笃信……西班牙语美洲的经历造就了一种共性,甚至可以称之为一种具体的性格……性格直接源自两个世界的巨大碰撞。这样的经历造就了一种勉为其难的宽容,这是我们的特性。在北边没有与之对等的东西。"但智利依然有自己的特殊性。身处智利,生活点滴中会有读马尔克斯小说时的感受。但智利人普遍觉得这种老生常谈实在无聊,况且"那是哥伦比亚,不是我们智利"。

不论怎样,当一个中国人试图去看他们的文化习惯、人们行事的逻辑时,总会发现他们与中国人的务实哲学几乎背道而驰:智利人浪漫恣意的风格,对一切都更为宽容而有失规则,情感似乎总是超过理性,在日常生活中你不知道该期待哪一些事而应该对哪一些事感到生气。

在我接触到的许多在智利的华人看来,智利人普遍懒散、缺乏效率;但在一些居住在智利的其他外国人看来,智利速度并不那么出奇地慢。在我看来,智利人闲散的背后是乐观在支撑,许多智利人相信,只要管好今天,明天好运就会到来。而在许多拉丁美洲人

一位朋友家的窗外所见。老房子的墙面尽是涂鸦,乱得毫无章法

圣地亚哥的面孔

在同一座城市，中上层阶级居住区却是另一副样貌：干净整洁，花永远开不败，坐地铁穿行这两处地方，像穿行在两个国家。但有一点是一致的，它们总是色彩斑斓，虽然各有各的风格

看来，智利像是拉丁美洲的英国，他们已经是"冷峻"一面的代表了。当我被智利私立医院的大夫亲切友好的问诊风格打动，并感叹在医疗保险价格并不那么昂贵的情况下，保险报销后的医疗费用竟与中国公立医院不相上下，而澳大利亚的朋友却在抱怨：智利的医疗太贵了，他们那里同样的服务和品质可都是免费的……我甚至没法讲述一种客观的圣地亚哥生活，既然客观是不可能的，就不如从真正个人的体验开始讲起吧！

这里是首都，强烈、孤绝又浪漫

从郊区花园进入老城，和混乱相处

正值盛夏，圣地亚哥对我而言，就是我公婆家郊外的大院子。急性子的我毫无戒备地坠入慢生活，一次外卖也没吃过，一次网购也没有，居然也完全没有不适应，日子慢下来之后，此前的紧张、焦虑感也消失无踪了。每天午后，我能静静地在花园里呆看很久。阳光照进来，窗子脏兮兮的，树影一抖一抖的，什么都好看。在院子里工作时，风吹大树沙沙响，抬头看周围，都是绿意盎然的景象。管它什么，只要有阳光和植物，就都美了起来。虽然是盛夏，泳池还是凉，所以下午我们偶尔下下水。大部分时间，我就在阳光透过的树影下写稿子。慢慢天开始变凉，水中漂着些落叶。院子里的果树上，纠缠着茂

上 | 牛油果正要膨胀起来。我每日看花、看鸟、看云。在这样的自然里待久了，时间也变慢了，显得有点不真实

下 | 摘果子是郊外生活的乐事，果子成熟之后，是南半球秋天的样子了

市中心的街道，每走不远就有一座老教堂

盛的果实，让人看着心里就充盈。房檐一角，小鸟在那儿安了家。每天下午四五点，就能看到鸟妈妈觅食回来，在房檐下吐出食物来喂鸟宝宝。

在这样的自然里待久了，时间也变慢了，显得有点不真实。偶尔出趟门，觉得像是重返了现实世界。从这个十几户人家的小区出去，就是通往城里的公路。开车半小时，就到了圣地亚哥的市中心。从圣地亚哥建城以来，这片区域居住着这个国家最富有的人，城市的核心功能也都在这里聚集。但从20世纪六七十年代开始，富人全部搬到远离城市、靠近山的东区，市中心在今天成了圣地亚哥治安最差的区域之一。

圣地亚哥由西班牙人佩德罗·德·巴尔迪维亚（Pedro de Valdivia）于1541年建立，1818年起成为智利的首都。巴尔迪维亚作为智利第一位西班牙总督，在后来与马普切人的战斗中被杀。圣地亚哥市中心历史最悠久的建筑就围绕在武器广场周围。西班牙人在拉丁美洲建立的城市大多以军事标准设计，这种城市规划源自古罗马时代，街道相互垂直，形成一个个网格。而其中一个街区空置出来，形成武器广场，广场周边包围着政府建筑、教堂和其他具有文化、政治意义的建筑。当城市遭受袭击时，武器广场便是个避难所，人们很容易聚集在这里武装、加入战斗。

广场西北角是圣地亚哥大都会大教堂，圣地亚哥建城时在今天所见这座教堂的原址上曾修建了第一座教堂，后来因为地震、火灾等，前四座教堂都被损坏，今天的这座教堂是第五座。广场北面是殖民地时期的前政府大楼，包括中央邮局、国家历史博物馆。广场周围的街道大多是各类商业场所，汇集了典型的智利商店、饭馆和咖啡馆。

与广场连通的几条老街上，被磨得光滑无比的老石板路显得脏兮兮。这里永远热气腾腾，自由、散漫、热情，也充满危险，让人应接不暇。每次来都有许多人在这儿摆摊唱歌，每隔一两条街就能看到一个精神失常或无家可归的人。走在路上不大敢掏出手机，一个不小心就可能会被偷、被抢。我很难将精神集中在某一处，每一刻都有不同的事情在同时发生。在这样的地区，"学会和混乱相处"是智利朋友对我的忠告。而这对我来说极为困难，在这样的广场街道上行走，我要耗费双倍的精力去观察一切并保证自己的安全，精神上很快就电量不足了。

广场上的人却不似我这样紧张兮兮。人们在广场的棕榈树下乘凉，乞丐、流浪汉和小偷也在这里享受自由的空气。一些严肃的中年人则在广场一角将十几张小方桌排成长长的一溜儿，下国际象棋。

人们有说有笑，好像生活没什么烦恼似的。这里的鸽子太黏人，各个身宽体胖，飞到肩上非要用手给它们推下去才肯离开。几年前来时，那个身上涂着金粉的"铜人"如今竟还在那里表演，也不知常年涂这样的金粉站在强烈的日光下会不会对身体有害，不论冬夏他都在那里一动不动。"铜人"面前的盒子里是路人给他投的零钱。只有一次路过时见他动了起来，晃动着金灿灿的大肚子，收起面前的盒子，那是"铜人"要下班了。距离"铜人"不远总有一群人围在一起，中间是个讲笑话的卖艺者。他的笑话引来人们的笑声，每隔一阵，他的同伴就拿着一只纸盒子向笑声最大的听众要点小费。越热闹的时刻，游客就得越小心，一个不留神，你会发现身上少了一样值钱的东西。

西班牙人到来之前,马普切人也没闲着

广场边,建于1808年的新古典主义风格的老建筑里有国家历史博物馆,陈列的内容却略显单薄,更吸引我的是不远处的前哥伦布艺术博物馆。从1541年起,智利沦为西班牙殖民地,直至1818年独立。但在西班牙人到来之前,这片土地上的古老文明是怎样的?前哥伦布艺术博物馆给了我许多鲜活的答案。

这是一家私人博物馆,智利建筑师和慈善家塞尔吉奥·拉腊因·加西亚-莫雷诺(Sergio Larraín García-Moreno)在生前收藏的一系列重要的前哥伦布时期物品都被陈列在这里,时间跨度长达3000年。在这儿见到的阿塔卡马沙漠海边的新克罗(Chinchorro)文明所遗留下来的木乃伊,竟比古埃及的木乃伊还要早2000多年。又见到马普切人关于自然和超自然世界的古老知识,以及他们丰富的生活仪式与精巧的手艺,我才突然意识到,在西班牙人到来之前,这里的

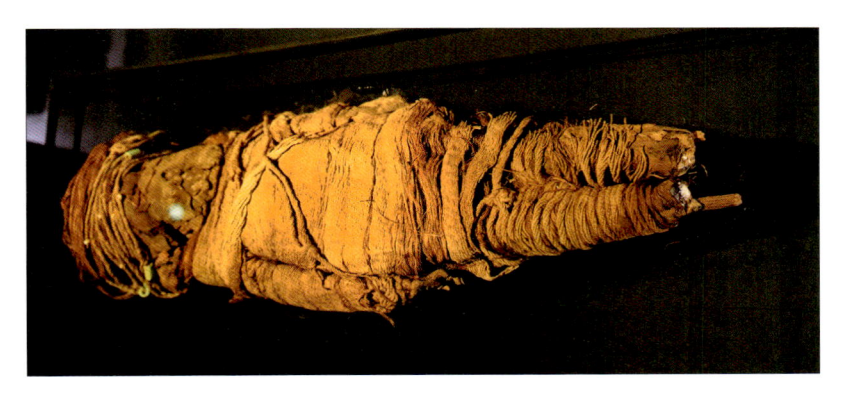

博物馆里的木乃伊,全世界最古老的人工制作的木乃伊被陈列在这里,比埃及的木乃伊还早2000多年。直到2022年3月,据说葡萄牙发现了比智利更早的木乃伊

圣地亚哥的面孔

过去放在马普切人墓葬旁的巨大木质雕像,现在在展厅最显眼的位置站着,博物馆里的行人跟他们比起来都小小的。每次去都不太敢接近这几座雕像,拍下这张照片后我赶紧后退了几步

文明还有那样层次丰富的历史。

马普切人占智利原住民群体的 80% 以上，他们在公元前五六百年就已经生活在这片土地上。在马普切语中，Mapuche 的意思是"大地子民"。聂鲁达在他的诗中曾赞美马普切人：

> 他像长矛一样做好了准备
> 他习惯了脚踩在瀑布的水流中
> 他在荆棘中训练了自己的心智
> 他用原驼的方式践行
> 他住在积雪的洞穴里
> 我跟踪老鹰的猎物
> 他已经抓住了悬崖峭壁的秘密
> 他照料了火的花瓣
> 寒冷的春天哺育了他
> 他在地狱的峡谷中自焚
> 他是凶猛鸟类中的猎人
> 他的双手染上了胜利的色彩
> 我已经破译了夜晚的侵略
> 他抵挡住了硫黄的滑坡

马普切人的孔武有力让人钦佩，他们是南半球最为强悍的游牧民族之一，他们还被认为是整个美洲唯一未被殖民者真正征服的民族。在前哥伦布艺术博物馆，我将许多时间花在了欣赏马普切人的艺术作品上——他们是这片土地的祖先。直到今天，马普切人依然保留着许多传统的神圣仪式，而音乐是一切仪式的核心，它们独特的 cultrún 鼓通过挖空一个树干形成一个凹槽，再将羊皮贴在表面制作而成。在马普切人的世界观中，cultrún 代表一个半球形的世界，鼓面上分成四个"象限"，绘制着一年中的四个季节。它们的祭坛 rehue 则是一个梯子的形状，梯子最上方顶着个木脑袋，它象征着大地和宇宙的联系。

马普切人过去放在墓葬旁的巨大木质雕像，像墓葬的守护者在展厅尽头威严地伫立着，据说它们在引导死去的人去往来世。酋长和伟大的战士死后被派往东方，在蓝色的火山中漫游，而其他灵魂则都去到西方的海边吃苦涩的土豆。

有意思的是，在马普切人看来，那些扮演萨满或巫师角色的人，可以在尘世和灵性世界之间穿梭，也可以在不同性别之间流动。他们的性别是由精神灵性决定的，而不是由出生时的生理性别决定的。生理性别为男性的巫师可以穿着被马普切人认为寓意神圣的女性服装。通常这些巫师保持单身，但某些情况下尽管他们与其他男人发生性关系，也能够被整个社区尊重和接受。

马普切人在历史上与印加人曾发生激烈的战斗，而后又面临西班牙人的入侵。他们没有在文明侵略中被摧毁，而是利用新来的技术武装自己。随着欧洲人的到来，马普切人第一次见到了马。他们学会了骑马、训练马匹，马匹给马普切部落带来了更强的机动性。他们学习更为先进的金属冶炼技能从而制作出更好的武器，马匹上的马普切人变得更加骁勇善战。借助马匹，他们得以去到更远的地方开展贸易。当主人去世时，他的马匹会被安葬在身边。他们用精美的银饰和高超的羊毛编织技能制作华丽的马鞍，来展示地位和财富，同样的纹样也会被用在陶器上。

马普切人的银饰制作尤其令人惊艳，事实上，在安第斯高原，金属加工已经进行了数千年，在西班牙人到来之后的几个世纪，玻利维亚生产了大量的白银。他们带来的欧洲工艺与这些原住民的银

前哥伦布时代，智利原住民的各类手工艺品。各类陶器、织物、用于巫术的各类人偶，质朴天真，有着儿童般大胆的想象力

饰制作手艺相结合，让人能在这些新银饰中看到巴洛克风格。

在圣地亚哥的众多博物馆中，前哥伦布艺术博物馆是我的最爱。许多人认为，智利文化主要是马普切与欧洲文明的结合体。而近几十年来，马普切人一直在智利政府面前争取自己的权利。他们要求捍卫属于自己祖先的土地，而这些土地今天属于开发这些地区的个人和各类跨国企业。19世纪末，因失去土地而流离失所的马普切人被今天的一些学者称为马普切侨民，他们大规模地从农村向城市迁移，迁入圣地亚哥等城市的贫民区。马普切人从20世纪直至今日，大多属于这些城市中的下层阶级。

许多艺术家、人类学者为此举办了一系列展览和表演以展示马普切人的艺术文化。我遇到的许多智利人都为马普切人的烹饪技能和草药叫好，不少年轻人也常佩戴马普切人手工制作的银饰和穿着马普切人的衣服。在圣地亚哥的各个角落，广告牌、时尚设计元素、墙体涂鸦，都可以看到这些原住民文化的元素。但在智利也常能看到这样的新闻：一部分马普切人拿起武器，袭击这些"占领"了他们土地的人。这也是今天我们很难去到马普切人居住地区的原因，尤其对于白人和外国游客来说，你不知道那将意味着怎样的危险。

劫车匪和山上的富人们

距离我们居住的地方不远处有座小山,名字叫圣·克里斯托瓦尔山(San Cristóbal Hill)。山的一侧是漂亮的高楼大厦,间杂着绿树成荫的小别墅;另一侧是拥挤、老旧破败、几乎一点绿色也看不到的贫民区。而这只是爬山就能看到的景象。对比任何国家最富和最穷的人都没有什么意义,我也绝无要刻意对比智利最富和最穷的人,只是在城市里随处闲逛目力所及之处便可看到的那种落差,已经让人震惊。

智利经济增长大多依赖于铜业及其他矿业,世界银行的统计表明,智利人生活在每天 5.5 美元贫困水平的人口已从 2000 年的 30% 减少到 2017 年的 6.4%。尽管智利因为相对清廉和透明的治理、对投资者友好的环境被认为是拉丁美洲最富裕、最稳定和平的国家,但无法否认的是,智利仍然是经济合作与发展组织(OECD)中收入最不平等的国家,收入差距比 OECD 平均水平高 65%。2021 年智利的国民财富总额中,80.4% 的财富属于前 10% 的群体。智利近一半的财富,由最富有的 1% 的人持有。

在圣地亚哥,贫穷地区对我们而言,最直接的问题是它极差的治安,天色较晚的时候我们甚至都不敢开车经过。近些年,连过去相对安好的中产阶级居住地区也常发生抢劫事件。圣地亚哥历史悠久的市中心如今已经很难看到富人的身影,他们住在圣地亚哥东部的一小片地区。在那里你能看到欧洲最富裕地区那样的豪宅、美丽的绿地,并有专门的私人保安看守,因此非常安全。他们有配套的商场、医院、高尔夫俱乐部和国际学校……一切生活需求不需要走出这片区域就能全部解决。我公公文森特第一次到北京时，他由衷地羡慕：中国人身上的阶层标识不那么明显，穷人和富人自然地在同一处公共空间里。

  智利的阶层意识是它文化中非常重要的方面。智利人几乎都对自己所处的阶层有着清醒的认识，各自心照不宣，这种阶层意识渗透在生活中的方方面面。不同社会阶层的人在大部分时候互不照面，要是认识新朋友，没聊几句人们便会关心起对方居住在哪个区域——住在哪里，是最直观的阶层判断。再聊一聊，他们可能会问你中学在哪里读的——注意，是中学，哪怕你从世界知名大学博士毕业，他们依然更加在意你的中小学。中小学代表着你家庭的阶层，富人的孩子祖祖辈辈去的都是那几所学校，其中大部分是天主教学校和几所英国或德国人办的昂贵的私立学校。时间一长，我发现不仅是富人这样，每个阶层的人也都会问类似的问题。来自同一所学校可以最为简单而且最不难堪地配对上某种相似的背景，两人来自差不多的家庭阶层，就读差不多的学校，居住在差不多的区域，意味着类似的文化，让彼此感觉更亲近。

  在智利 6000 多千米的海岸线上，上层阶级度假的海滩和中产阶级度假的海滩不会有重叠。这不仅仅是价格的问题，阶层并不简化为钱的多寡，还涵盖着许多文化方面的因素。教育、衣着、口音甚至日常爱好和艺术品位，这些全都被视作阶层文化的标识。我曾问智利人："如果一个毒枭或者一位做生意的底层人赚了大钱，他们会想拼命进入上层阶级的圈子吗？"智利朋友回答说："那基本是不可能的。他们的文化格格不入，行为举止、礼仪规则完全不同，这样野心勃勃的人甚至还会受到一些上层阶级的人的鄙视。譬如，你很难想象在富人区有人听中美洲的流行乐，穿一身印着大 logo 的名牌，任何一种打上'粗俗'文化标签的东西都打不进上层阶级。比起钱有多少，上层阶级更在意这些钱究竟有多老，传承了几代人。通过一个人的姓氏，就能判断智利人的社会背景。甚至有几个家族的姓氏，在智利就像一张心照不宣的名片，他们的后人依赖这姓氏就能获得更好的机会。"

现在的智利年轻人很少愿意露富，即便出身于优渥的家庭，大多穿着破破烂烂的衣服。除了表达那种对传统"体面"的满不在乎之外，还有一个重要原因就是确实不安全。白人在智利被视作更有钱的人，如果有金发，就有更大的可能性是上层阶级，从而被小偷盯上。我甚至见过胆小的白人朋友要是去市中心，会下意识扣上一顶鸭舌帽遮住发色。但与此同时，在智利大街上，你会发现更多人将头发染成金色，却露出棕色或黑色的发根——金发依然是权力的象征。

智利俚语中，有两个与下层阶级密切相关的词语：flaites 和 rotos。这两个词没有准确的翻译。Flaites 指的是与粗俗习惯和犯罪行为有关的具有攻击性的城市青年。在人们的刻板印象里，他们一般穿着流行的运动鞋，戴着闪光的首饰，可能喜欢听坎比亚或者雷鬼音乐，经常成群结队地走在大街上。而 rotos 也与"受教育程度低，举止粗鲁"这样的印象有关。这两个词所描述的智利底层人还经常暗示着肤色和体重。有意思的是，智利其他阶层的人在这样描述底层人之前，曾与智利人发生过战争冲突的秘鲁人、玻利维亚人和阿根廷人中的一部分反智利主义者，却用这个词来描述智利人。人们总说要消除刻板印象，讽刺的是，作为一个对于治安危险毫无概念的中国人，却不得不通过学习这些刻板印象来规避路上可能会构成威胁的人。事实证明它很有效果。

圣地亚哥的面孔

上 | 公寓楼通常有围墙,像这样的公寓楼入口处都有三班倒的门卫,一天24小时执勤。许多门卫在一栋楼里干了二三十年,和住户都成了朋友

下 | 除了高峰期,街道上总是人很少。像这样带小院的民居大多有自己的安保设施,种满花草的围墙,有些家庭还有带电的防盗网以及角落里的摄像头,家家都有看家护院的狗

直到胡安的弟弟菲利普的车被抢之前，我还没见识过智利强盗的厉害。那是一个下午，我们突然收到消息：菲利普的车被人抢了。我一惊，这是抢，不是偷，车能怎么抢呢？

原来菲利普正在车里吃着麦当劳，突然有人拿枪指着他。这种时候，他只能举起双手，汉堡也不吃了，乖乖从车里走出来，任由强盗把车开走。所有身份证件、钥匙、钱包、手机全都在车里。"这种时候什么都不要拿，直接下车是最明智的选择，不然脑袋都会被打爆。"菲利普说。

于是，我们赶紧报了警，偷车的事在智利时有发生，谋财的多，害命的少，大家反而没有多惊慌，当然大家也完全对警察找回车不抱有任何期待。结果没过几天，菲利普突然接到警察的电话，说车找到了。我很惊讶："不是都说智利警察没用吗？"菲利普回答："那是因为强盗更没用。"

原来这辆车就停在一个贫民区的路边。为什么呢？这个强盗给车加错了油，车出了问题，他懒得修，就把车扔了。比起车被抢，智利强盗的懒惰更让我震惊。强盗都当了，就不能专业一点？把车打理好了去卖了不好吗？

我问菲利普："车里其他东西还在吗？"他说："只有手机丢了。"在副驾驶底座，我们找到一袋子硬币，大概是从某个小卖部抢来的。警方调出了一段视频，是抢劫发生时旁边的一家店铺摄像头拍下来的。一个穿白衣服的小哥跑到车门处，一个穿红衣服的小哥举着手走出来。视频没有声音，让事情的发生显得相当平和，跟白衣男孩拿走了红衣男孩的冰激凌差不多。轻轻松松夺走的东西，轻轻松松还回来了。

残酷、荒诞又美好的事每天都在发生，给你一个巴掌，再给你一颗甜枣。前一秒钟让人崩溃，后一秒钟就被治愈了。智利究竟是怎样的呢？我想到智利纪录片导演劳尔·鲁伊斯（Raúl Ruiz）在一次采访时，被人问到同样的问题，他说，有一天，当他在圣地亚哥的街上走时，有一个盲人正在乞讨，于是他走近去仔细地观察这位盲人。他发现，在那个放硬币的罐子里，被人扔了一块香蕉皮。

"这就是智利。"劳尔·鲁伊斯说道。

让人挪不动腿的集市

要想消磨一个无所事事的寻常天，我就会随便找个集市逛一逛。从大型菜市场到街区早市，从古董市场到跳蚤市场，从有机产品集市到手工市场……圣地亚哥的集市色彩缤纷、热闹非凡，从未让我失望。

这可是土豆和辣椒的故乡

马波乔市场是智利最大的市场，因紧挨着穿圣地亚哥而过的马波乔河而得名。当地人也叫它拉维加中央市场（La Vega Central）。身边的智利人告诉我：这里的蔬果不仅更新鲜、更地道，价格还比超市的便宜百分之三四十。自从我买了一次马波乔的葡萄和洋蓟，就完全被这里俘获了，尤其是对我这种全部记忆力都长在味蕾上的人来说，舌头是不会骗人的。只要我住在圣地亚哥，即便冒着被人偷手机的风险，每月也必去一次。

据说从殖民时代开始，马波乔河北岸的农民就在这里聚集销售农产品。那时候，马波乔河总发洪水，还曾冲毁了一座桥，南岸的居民买个菜还得看天行事。到19世纪，马波乔河得到了很好的治理，人们再也不必担心过去那种跨河大桥被冲垮的事儿了，马波乔市场所在的这片土地已经被政府指定为专门用于农产品集市的用地。河这岸的圣地亚哥人从此能够轻轻松松地跨河去马波乔市场买东西，就像今天的我一样。

很长一段时间里，我都住在马波乔河旁的智利第一高楼附近，从我们这一直往河下游走个5000米，过个桥，就是马波乔市场了。我步行过一次，沿路像从一个国家走入了另一个国家，出发时是绿色花园一般无忧无虑的地带，越往下游走进入市中心就越凌乱、肮脏，时时刻刻让人提心吊胆。因此，大部分时候只能开车去，或者乘坐地铁。去这样的地方我有专门的行头：穿一件有内兜的外套，背一个结实的斜挎包，手机、钱包统统放进外套的内兜里，斜挎包里只放一两万比索（一两百元人民币）的现金。不到万不得已，绝不掏出手机。

进入市场，像进入了一个物质极度丰富的世界，那活色生香的场景让人甚至将危险置之度外。空气里飘散着食物的清新香气，好像大自然的物种全部在这里等着你。除了蔬菜、水果之外，奶制品、面包、肉类、调料、腌菜以及各种杂货在这里都应有尽有。南美洲的蔬果色彩鲜艳、个头儿巨大，一个个像脸蛋儿红扑扑的爱笑的大姑娘，纯朴又自信，饱满又健康。每家店主都把自家蔬菜水果摆放得整整齐齐，后一排比前一排高一层，像个农作物小剧场。每个品类都放一支立起来的价签，按公斤算还是按个头算，写得清清楚楚，这里的人似乎没有讲价的习惯，偶尔脑袋灵光的会给你抹个零头。圣地亚哥极少有阴雨连绵的时候，干燥的气候让这样的大市场没有那种植物沤烂了的气味。

这里 1000 多家商店，日销售额在 50 亿比索（约 4300 万元人民币）以上。其中 60% 的店铺是外国人在经营，他们大多来自秘鲁、哥伦比亚、多米尼加和厄瓜多尔。人们说这里的男人不如女人勤奋，智利人又不如外国人勤奋。马波乔市场是个大熔炉，不同的人在这里都能毫无问题地共存。

我经常在这里发现不认识的蔬果，许多黑人喜欢购买巨大的菜蕉，我买过两根尝了尝，没想到又大又硬，皮糙肉厚，不怎么甜，有种红薯的口感。智利当地人吃这种菜蕉的并不太多，听说中美洲人一般把它们油炸或煮熟吃。让人称奇的是那些品类繁复、我从没见过的土豆，玫红色的、橙色的、绿色的、蓝色的，星星点点，奇形怪状。猛然意识到我这是来到了土豆的故乡，在美洲大陆被发现

圣地亚哥随便一个超市都能看到这么多品种的小土豆，花花绿绿的，煞是好看。每见一种新的我就会买回来尝尝，但是发现不放在一起尝，还是分辨不出差异呀

之前，其他大陆可还没享用过这些来自南美洲的作物。在安第斯山脉，土豆1万年前就被人类驯化，成为生活在这里的人类的重要主食和主要能量来源。今天，在秘鲁和智利，人们能找到几千个土豆品种，它们的大小、形状、颜色、质地和味道各有不同。

据说在16世纪，从新大陆返回欧洲的水手们将土豆带回西班牙时，人们还不大能接受土豆的滋味，同时传入的烟草却大受欢迎。土豆大约在传入欧洲近百年之后，才被更广泛地当作日常主食。土豆传入中国也是在这次物种大交换之后。连带玉米和番薯一起，在中国的干旱地区和不便灌溉的丘陵、山地地区广泛种植，促进了人口激增。这些作物从美洲来到中国之后，慢慢成为中国饮食文化中非常重要的组成部分。

市场里许多卖辣椒的店铺，像中国人那样把红辣椒穿成一串挂在墙上晾干，让人倍感亲切。有意思的是，16世纪末，辣椒传入中国后，竟长时间被中国人当作观赏植物种植。明代高濂所著的《遵生八笺》里，辣椒没被写入蔬谱，而是被写进了花草谱。浙江人种了许多辣椒当盆栽；而在贵州，辣椒完成了从新物种到融入中国饮食中的调味副食品的过程，原因是贵州人缺盐，急需找到佐食的调料。辣味成为中餐的标志性味道之一，是几个世纪后的结果。

市场里一串串辣椒让人流口水，智利人却是不大吃辣的。我瞅着一串干辣椒准备全买下来，连店家都觉得我疯了。智利人一般一次只买一两个，做饭时从一只辣椒上切下几片辣椒，仅此而已。当我用买回来的一种橙色辣椒炒了一盘回锅肉之后，胡安家人尝了一口都嫌辣得受不了，而这个辣度尚不及中国人口味标准中的"中辣"。

让人挪不动腿的集市

马波乔市场什么都卖，却不卖鱼和海产品。原因是距离这里不远处就是以海鲜闻名的圣地亚哥中央市场，从马波乔市场步行过去用不了几分钟。中央市场的建筑建于19世纪，曾遭遇过一次火灾，如今所见的建筑是在1872年投入使用的，里面穹顶、窗玻璃和建筑结构都还保留着当年的风格。中央市场以其独特的建筑、海鲜的种类、上乘的品质以及地道的氛围而闻名，曾被《国家地理》杂志列为全球十大市场第五位。

建筑一共有两层，一边是卖海鲜的市场，另一边则是餐馆、杂货店和工艺品店。许多餐厅服务员在外拉客，他们猜测你大概来自

买条鱼，店员三下五除二去骨、去头，剩下两大片装袋递给你。速度之快，直让人羡慕那把刀的锋利。手工艺人的双手对于手艺的熟练，也让我着迷，我常盯着手工艺人做活儿的手。手是有记忆的，手的记忆甚至不必经过大脑，它先于大脑做出反应。练功夫的人身上也有这种肌肉记忆，动作敏捷，真是好看

圣地亚哥的面孔

上 | 智利传统陶碗里盛放的海鲜汤，这类陶碗大多产自距离圣地亚哥不远的小镇坡梅尔（Pomaire）

下 | 一盘海鲜沙拉中间放着土豆泥，什么样的壮汉都能吃饱

哪个国家，便试图用你的语言和你问好，这就是我一路上听到无数个"你好"的原因。我经常来这里买三文鱼，这里的三文鱼价格是超市里的一半。买点牡蛎，店家会给你一颗柠檬，当场给新鲜的牡蛎滴上柠檬汁，让你一口吸进嘴里。肥嫩多汁的生牡蛎实在让人惊艳，却又无奈不敢多吃。

中央市场好吃的东西多，去过多次之后，我也变得聪明起来，大厅中间的餐厅更贵，环绕在周围的二层小餐厅味道一样却更便宜。

我最喜欢 paila marina，这种智利海岸线附近的城市常见的海鲜锅非常鲜美。任何海鲜都可以作为它的原材料，每个季节出产的海鲜不同也没关系，重点是得新鲜。番茄、芹菜、大蒜和红辣椒用油清炒，加上甘牛至、盐、胡椒、孜然，加入鱼汤、葡萄酒和无论多少种你喜欢的海鲜，煮沸后不久，一份好吃的海鲜汤就做好了。这种用智利传统陶碗盛上来的海鲜汤虽然做法非常简单，但味道鲜美，若用冷冻海鲜做，则味道要差上"几个世纪"。

圣地亚哥的面孔

旧仓库里的波斯古董集市

　　Persa Biobío 应该叫波斯集市，是一个花一整天也逛不完的二手商品集市，延绵几个街区，里面包罗万象，能让你淘到生活所需的一切物品，其中不乏大量来自世界各地的古董老玩意儿，还常有各种画廊和原创设计的展览活动。它诞生于 20 世纪 40 年代初，说这是圣地亚哥今日最具文化多样性的地方可毫不夸张，而且它是民间的、野生的，一点一点形成了今天的规模，层次丰富又充满故事，让人永远也逛不厌。

大一点的店铺陈列着老画、老照片、老餐桌和来自欧亚大陆的瓷器，二手集市就是一座博物馆

我最常去的是集市位于旧仓库里的古董市场，这也是智利最大的古董集市之一，可惜它只有周末两天开放。露天的地摊上，你会遇见一排排已经一百多岁的收音机、黑胶机，似乎这一类产品总有固定的客户来逛，生意好得不得了。还有几家我们熟悉的二手书店，胡安在这里淘到许多早已绝版的旧书，在新书价格经常让人倒吸一口冷气的圣地亚哥，二手书店十分繁荣，一万比索（七八十元人民币）以内就能买到好书，还经常能在这里遇到智利文化界的名人、大学教授、书评人。买书的人在闲聊中很容易发现共同认识个什么人，于是成了朋友。

波斯集市里更多的是二手家具店，这些店也卖些有着一两百年历史的老玩意儿。许多来自欧洲的早期移民是贵族，从欧洲漂洋过海带来的奇珍异宝，在这片新大陆上落地生根。因此，这里的古董集市常能见到两个世纪前的欧洲老物件。许多店里都摆放着意大利、法国产的桌椅，北欧的立式餐边柜、银餐具、锡器，波斯地毯和满墙的欧洲老画。

智利产铜，因此有不少专卖铜制品的店铺。铜灯、铜锁、铜架子让人眼花缭乱。我在一家店里买到两只漂亮的铜烛台，洋洋得意，却发现这不过是智利最常见的样式。这家堆积着大量旧铜器的店旁，坐着一位有眼疾的老人。他和胡安打招呼，确认原来彼此认得，两人都兴奋不已。多年前，胡安还在智利大学读书时，老人曾在校门口经营一家二手书店，当时胡安和朋友达尼洛便是他店里的常客。老人说他喜欢中国，尤其喜欢中国功夫，从不知哪里认识了一个中国广东人，跟他学了几年功夫——螳螂拳。他说正因为常年练功夫，自己的身体比五六年前更硬朗了。他说完，问我会不会功夫，我说中医教我练站桩，我没坚持下来。他说他每天练站桩，一次能站一个小时。

圣地亚哥的面孔

上｜铜器多到令人应接不暇，我在这家开了门却完全下不去脚的小店讨价还价之后，买了一把19世纪瓦尔帕莱索仓库的大铜锁

下｜胡安最喜欢的旧书摊，在这里经常能碰到熟人

我抓着两只铜烛台继续逛，感觉智利的世界真是小，哪里都能遇见熟人。刚在感叹，又被另一家店正在吃午饭的老大爷叫住了。得知我是中国人之后，他打开手机给我看他在集市上认识的一个中国姑娘的照片，他想既然都是中国人，也许我也认识她。我看后说："中国太大了，14亿人口，我们彼此认识的概率可不大。"他想了想说："那倒也是。"对于一个人口不到2000万的小国家，老百姓几乎很难想象14亿是个什么概念。

从我们身旁走过的年轻人，大多是智利的文艺青年。许多人给我描述圣地亚哥的文艺青年是这样的：他们常把头发染成鲜艳的颜色，戴着鼻环，身上不显著的位置上至少有一个文身——智利人普遍喜欢文身，而文艺青年的文身则要求图案更小众，最好有一个大众并不知道的文化渊源，并且要文在让人意外的位置为最妙。他们喜欢某种类型的音乐，穿着色彩极为鲜艳的衣服，抑或相反，穿一身黑。因为这群人大多居住在圣地亚哥一个叫 Ñuñoa 的区，因此当人们提到 Ñuñoino（住在 Ñuñoa 的人）时，指的就是带有这些特点的文艺青年。Ñuñoino 还常与这些生活方式紧密相关：使用环保产品，素食，将二手衣物与不带 logo 的大品牌衣物搭配起来并背上一只环保购物袋，只喝高品质的咖啡，只吃有机食物。更重要的是，他们普遍更支持 LGBT（泛指性少数群体），更要求女性平权，更追求自由主义，对来自其他文化的灵性物质、宗教信仰、艺术音乐有更多或真或假的兴趣。尽管这些都是刻板印象，但却在人们相互取笑、吐槽中，让我对智利年轻人有了更多的了解。在今天的这个市场，Ñuñoino 和嘲讽 Ñuñoino 的人在同一个空间里碰撞。

在一家露天小店，我看到一只用竹片做成的盒子上，竟印着赛龙舟的情景。店主告诉我这只盒子来自日本，几扇门都可以打开，下面有一格小抽屉，过去是用来放香烟的。店主去过日本，还未去过中国。他向我展示了几只精美却已十分破旧的老木盒，说是中国人过去用来放线香的。他又告诉我他家里有不少日本和中国的收藏品，大多是晚清的陶瓷和家具，是几十年前东南亚和中国的移民带来的。店主一直梦想能去一趟紫禁城，他下决心疫情结束后一定要去北京看看。如今，那只放烟草的日本小盒子放在我的桌上，用来挂耳环。

圣地亚哥的面孔

在早市吃个胳膊长的智利热狗吧

圣地亚哥的集市数不胜数而又层次丰富，要是全部讲完怕是要成一本书了。一些居民社区周围也常有集市，像中国人赶早市一样，人们拉着一个带俩轱辘的小推车，把买好的菜往里一塞。这类集市像圣地亚哥众多街区里每周一次或两次的早市一样，摊位并不固定，时而延续两条街那么长，时而一条街都填不满。

集市上不少摊位都在吆喝，有的还编着绕口令和段子，有的听着音乐、唱着歌。没了音乐的南美洲就不是南美洲了。每位摊主都在热火朝天地介绍自己的产品，说这是世界上最新鲜的生菜、最上乘的美洲玉米，还有甜出天际的瓜果，不厌其烦、啰里吧唆。在一家西瓜摊上，我发现有人在挨个儿拍西瓜，朋友卢卡斯说这是为了辨别西瓜熟没熟，不仅要拍，还要摸摸西瓜的肚脐。原来拍西瓜肚子，不只是中国人的习惯啊！

在这样的集市，一定得吃个 completo 才算得上是智利人。Completo 对我来说，就是一条加大版的松软热狗，有小胳膊那么长。但你绝不能和智利人说这是热狗，智利人可能会生气！他们认为热狗是垃圾食品，completo 可健康多了。一条巨型热狗面包中间，夹着一种羊肠衣灌的维也纳香肠，将牛油果泥打到蓬松，毫不吝啬地和番茄碎、洋葱碎拌在一起，铺满面包的全部缝隙，上面再挤上一条蛋黄酱。热量不低，但味道真不错。智利本地吃到的牛油果没有臭气，有一股奶香。因为气候的原因，这里的番茄也更酸甜。每样食材稍有差别，加在一起的味道就天差地别。

草草罗列了几个集市，已洋洋洒洒一大篇，却发现我忘了另一个非常有趣的手工集市。在圣地亚哥东边的 Los Dominicos，1803 年，一位居住在智利的爱尔兰人留下遗嘱，捐赠出自己家的房子和周围的一大片地，条件是为当地农民开办一所用于教学培训的学校。时过境迁，这片区域早已成为繁华的城市。1983 年，当地政府在环绕老教堂的这片近 3 万平方米的土地上，改造利用过去的马厩和仓库旧建筑，又以适宜的风格建造了许多简单的低矮房子和花园，从那时起，便有许多手工艺人入驻这里，办起了一间间小巧的工作室。

整个智利的手工艺品都能在这里找到，用植物染色的羊驼毛编织而成的衣服和围巾，用智利南部大森林所生产的木材制作而成的小物件，

集市上一家卖羊毛、羊驼手工制品的小店，这里所有衣服、毯子、玩偶都是手工制作的。可惜店里不允许拍照，只好在店外隔着橱窗拍下了这些也在盯着我的小动物

圣地亚哥的面孔

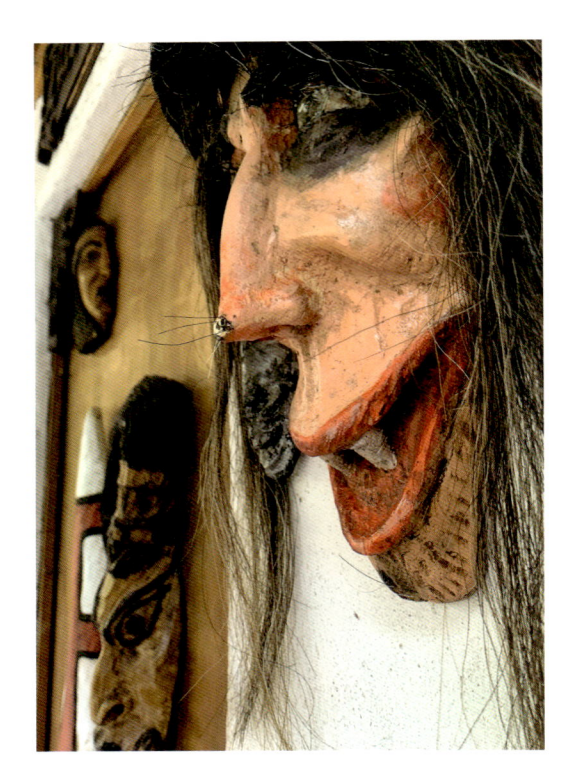

一家做面具的小店，女巫鼻子上的毛撩拨到了我

用银、铜以及各类安第斯山脉所产的石头制作的首饰，玻璃器物、智利传统玩具以及生动的女巫木偶……而在集市广场的中央，一位推着糖果车的老爷爷售卖的智利传统姜糖，是我吃过最好吃的姜糖。旁边的小丑试图做些表演，但去过数次，他的技艺并没有什么进步，因而总是郁郁寡欢的。

聂鲁达的星辰大海

黑岛（Isla Negra）不是岛，是距离圣地亚哥不算太远的一处海滩。巨浪拍打着海滩上密布的黑色礁石，让人感觉这里的海尤其坚韧有力。大大小小的礁石堆叠着，每当周末，许多家庭从圣地亚哥开车过去，带着孩子在这些礁石上爬一爬。

梦幻黑岛

我第一次去黑岛是在春天，当时被这里的景色惊呆了。远处的大海碧蓝，近一点，是连片的黑礁石，礁石连接着更近处的沙滩，沙滩上的海草莓正开着花，与其他看不清的海滩植物连成一片，完完全全成了一片自然的花海。这片花海与南太平洋相连，梦幻到让

圣地亚哥的面孔

人不敢相信。而这让我目瞪口呆的景色，是站在聂鲁达故居卧室的窗前所见的。这让我不禁感叹：住在这样的地方，最愚钝的人也能作几句诗吧！

黑岛原先叫 Las Gaviotas（在西班牙语里，gaviota 是"海鸥"的意思），聂鲁达给它起了黑岛这个名字，源自海边这些黑色的礁石。聂鲁达喜欢海，他在智利的三处故居里，两处都在海边：一处在黑岛，

黑岛的房子都是这样面朝大海，春暖花开。聂鲁达最美的一处故居就在这里

另一处在瓦尔帕莱索。他在黑岛的故居是我最喜欢的。

这个地区的房屋建筑大多是用木头或者石头建造的，最高不过两三层楼，家家户户都有漂亮的花园。这些房子被海岸原生的树木、花草环绕，和环境融为一体，极为和谐。聂鲁达的故居就镶嵌在这片美景中。他在书中回忆道："那是个下午，我们骑马来到了这个荒凉的地方……""我第一次感觉到这种冬季海洋的刺痛，混合了草药、咸沙、海藻和蓟……"在海边的斜坡上，这处古怪的房子有十几个房间，每个房间之间的衔接总让人感到意外——它们不是规则的，好似修好了一间，某天突发奇想又在一面墙上开个门，新盖一间。就这样，一连串儿的房子像一列慢慢加长的火车一样横在那里，高高低低，错落有致。有部分狭窄的走廊还是船形的，部分楼梯还挺陡峭——这所房子的设计灵感大多来自聂鲁达的要求。1943年，聂鲁达在这里买下了这所房子。在这位苛刻的客户要求下，两位建筑师花了很多年才彻底完成这所房子的建设。其间聂鲁达偶尔在这里居住，更多时候旅居在智利各地和海外。正像聂鲁达在诗中写的那样："房子在生长，像人，像树……"

这处故居在夏天总是十分热闹，人们大多是为聂鲁达而来。但每10分钟，最多只能进入14个人。不光是建筑的设计，每一处陈列也显示着聂鲁达奇特的爱好。其中一处诗人隐居写作的空间，上面是一个锌屋顶，能够聆听雨滴落下来的声音，那是为了唤起聂鲁达童年在智利南部生活时多雨的记忆。他一生中走遍全世界，从各处带回的收藏品都被陈列在屋中，雕像、世界各地的

聂鲁达故居的建筑内不允许拍照,而建筑外的花园里可以。身处故居的花园中,南太平洋和花海就在面前

地图、装着昆虫的奇怪盒子、来自世界各地的面具、瓶瓶罐罐、餐具、古董鞋和烟斗……

而这所房子中最重要的收藏品都和海洋有关:贝壳、瓶中船、抹香鲸的牙齿……聂鲁达是如此热爱大海,他写道:"太平洋是从地图上出来的。没地方放。它是如此之大,如此狂野,如此蔚蓝,任何地方都无法容纳。这就是他们把它留在我窗前的原因。"

聂鲁达作为一个共产主义者,衣柜里却放着华丽的粗花呢夹克,收藏着各类有用或没用的奢侈品,还有一间自己专用的酒吧,酒吧的横梁上刻着那些逝去的诗人朋友的名字。聂鲁达像个孩子一样将全世界自己喜欢的东西都搬了回来,传统和现代的、东方和西方的,聂鲁达将它们摆放在一起。这里的物品繁杂而各自为政,它们透露出聂鲁达的一部分性情,他就像个顽皮、任性而充满自信的孩子。

透过玻璃能看见一些聂鲁达收藏的玻璃器皿

圣地亚哥的面孔

聂鲁达的缪斯

1959年10月，聂鲁达写道："我钟爱的妻子，我在写这些被讹称为'十四行诗'的诗作时，饱受折磨；它们令我心痛，惹我神伤。但题献给你时，我心中所感受到的喜悦像大草原一样辽阔……在森林里、沙滩上，在隐蔽的湖畔、灰烬点点的地区散步时，你和我曾捡拾天然的材枝，那些随流水和天候来去的木块。我以小斧头、弯刀和小折刀，用如此柔软的废弃物，打造这些爱的材堆；我以十四块厚木板，搭盖每一间小屋，好让我爱慕歌颂的你的眼睛居住其中。述说完我的爱情根基，我将这个世纪交付于你：木质的十四行诗于焉兴起，只因你赋予了它们生命。"

聂鲁达一生中的大部分情诗都写给了玛蒂尔德·乌鲁蒂亚（Matilde Urrutia）——他的第三任妻子。1953年，聂鲁达开始在圣地亚哥为当时他正燃烧起滚滚爱火的情人玛蒂尔德物色一处房子，

聂鲁达在圣地亚哥的故居附近，斜坡上满是好看的老建筑。可惜这几年这片地区治安不好，许多家庭正在将老房子挂牌出售

而此时聂鲁达还与上一任妻子处于婚姻关系之中。玛蒂尔德记得那个下午，他们就在圣·克里斯托瓦尔山脚下散步，正巧遇见一处待售的房产。陡峭的斜坡被黑莓藤蔓覆盖着。玛蒂尔德被潺潺水声迷住了，她在自己的回忆录中写道："那是一条真正的瀑布，从顶端的海峡中流出。"那天两人兴致勃勃，毫不犹豫地把房子买了下来。后来聂鲁达给这处房子命名为 La Chascona，意思是有着凌乱头发的女人，这也是聂鲁达给玛蒂尔德起的绰号之一，因为她就有一头浓密而凌乱的红头发。

这所房子的入口在山脚下，当年加泰罗尼亚的建筑师赫尔曼·罗德里奎·阿里亚斯（Germán Rodríguez Arias）看到这陡峭的地形时，觉得这里得建造一道楼梯。他把建筑设计成朝向太阳的方向，面向着圣地亚哥城。但聂鲁达要求能看到山脉的景色，于是建筑师又将计划中的房子转了个方向。聂鲁达主意挺大，他不仅要求扭转了房屋的朝向，还从南方为客厅带来了柏木，又亲自去寻找其他木材，讨论修改各种各样的细节，乃至建筑最终成型后，建筑师坦言，这所房子更像是聂鲁达的创造，而不是他自己的。如今，这处故居常有圣地亚哥的中小学生前来参观，我去时正好遇到一批十一二岁的学生。一个男生说，这是聂鲁达给他的情人买的房子。女生回答说，聂鲁达真是一个慷慨的人。

在聂鲁达彻底搬进来之前，玛蒂尔德经常一个人住在这所房子里，她回忆道，她整天在花园里工作，没有一棵树或者一株植物不是她亲手选择和种下的。如今沿着 La Chascona 进门处往上走，小径曲折，被郁郁葱葱的植物环绕，大约就是当年玛蒂尔德播下的种子。1955 年，聂鲁达才正式搬进来，慢慢加盖了厨房、餐厅，又建造了酒吧和图书馆。他对于这处房子中私密空间的在意，远大于炫耀性的表面功夫。

《纽约客》的记者曾这样描写 La Chascona："您不会在伟大的

圣地亚哥的面孔

072

左、上 | La Chascona 的外墙，再往前走就进入玛蒂尔德和聂鲁达的家了。墙上涌动着的海浪，让人知道自己离聂鲁达更近了

室内设计书籍中找到聂鲁达设计的房间——没有路易十六的椅子，也没有雅致、可预测的家具组合。在聂鲁达的房子里，您可能会在头顶看到一头剥制过的火烈鸟，或者一匹真人大小的青铜马，或者一双比真人穿的大 50 倍的男鞋。"

聂鲁达毫不羞涩地在餐厅里展示着他那些不仅不精美，甚至有些粗俗的餐具，他热爱烹饪，想必曾在这里宴请过许多朋友。锻铁门窗、花里胡哨的马赛克瓷砖、缠绕在拱形门周围的藤蔓和它背后的壁画、不知所以的圆形旋转楼梯和玻璃浮漂、中国工笔画、非洲雕塑和巨大的天使雕塑，毫无计划地放在房间内外的各个地方，让参观的人永远充满惊喜。

1973 年 9 月 23 日，在推翻萨尔瓦多·阿连德（Salvador Allende）总统的军事政变的几天后，聂鲁达在圣地亚哥的圣玛丽亚医院去世。La Chascona 一直受到破坏，聂鲁达钟爱的沟渠被堵住了，房子被水淹了，聂鲁达的各类收藏品也大多被损坏。玛蒂尔德为了修复她和聂鲁达所建造的房子付出了巨大的努力，直到 1985 年去世，她一直住在里面。在玛蒂尔德晚年的悉心照料下，La Chascona 才得以重生，聂鲁达的生命点滴也在这里得到了延续。

圣地亚哥的面孔

最后的烟花，来世的鹰

聂鲁达位于瓦尔帕莱索的故居

　　1959年，聂鲁达给他的好友莎拉·维阿（Sara Vial）写了封信，说"我对圣地亚哥感到厌倦了"，并说他想在瓦尔帕莱索找个能让他生活和写作的房子。而他对这所房子的要求可谓吹毛求疵："地势不能太高也不能太低，孤独一点但也别太过。我希望看不见任何邻居，也听不见他们发出的声音。得有点原始、古朴的感觉，还不能不舒适。它要轻，还得结实。不太大，也不太小。离一切都远远儿的，但附近还得有点商店，买东西方便。然后呢，还不能太贵。"他在信末尾问维阿："你说我能在瓦尔帕莱索找到这样一处房子吗？"

　　看到这里我心里不由得冒出两字：矫情！结果维阿还真帮他找着了。这就是今天在瓦尔帕莱索的聂鲁达故居——La Sebastiana，它位于佛罗里达山上，早先由一位西班牙人建造，在他去世之后，这所满是楼梯的房子在这里空置了许多年。聂鲁达花了3年时间才完成房子的建造和室内设计。他用港口的旧照片和惠特曼的一幅肖像装饰其中。

像在黑岛的房子一样，聂鲁达依然在这里选用了不少海洋元素，连房子的窗户都像船上的天窗，以及他的部分收藏品：保存完好的地图、海军陆战队画作、卧室中的中国清末画作和几扇屏风，还有一些不知从哪儿来的奇特物品，比如木头雕刻的旋转木马。可惜在 1973 年军事政变后，聂鲁达这处故居中的大部分物品被洗劫一空，直到 1991 年才得到恢复，当然也比不上当年的繁荣了。这处故居最大的露台被改造成餐厅，而在最高处的塔楼上，聂鲁达常引导他的客人轮流用望远镜眺望不远处的海港。如今的瓦尔帕莱索依然繁忙，和当年聂鲁达望远镜中的港口大约毫无二致。

聂鲁达在这里度过了人生的最后一个新年。新年夜里，瓦尔帕莱索会有传统的大型烟花表演，La Sebastiana 的阳台上恰好能看到

这一张巨大的聂鲁达像就在他故居门外 50 米处

港口的烟花胜景。

在聂鲁达去世之后，当他的朋友弗朗西斯科·贝拉斯科（Francisco Velasco）博士到达这处房子时，发现周围的人都十分激动。他们告诉他屋子里发生了些稀奇事。他小心翼翼地上楼，去探个究竟。一进客厅，就发现了一只老鹰。弗朗西斯科无论如何都无法解释这只老鹰是如何进来的，因为一切门窗都是关闭着的。

他后来想起聂鲁达曾说过，如果有来世，他想成为一只鹰。

时隔多年后，1992年12月，聂鲁达的遗体才被转运到黑岛安葬，旁边葬着他的妻子玛蒂尔德。这场迟来的葬礼以最高规格举行，实现了聂鲁达在他的诗作 Disposiciones 中表达的要求："同伴们，把我埋葬在黑岛 / 在我熟悉的大海面前，埋葬在石头的每一个皱纹区域 / 埋葬在我失明的双眼 / 再也回不去的海浪中……"

聂鲁达的两处故居，都面对着这样碧蓝的南太平洋的海浪。他要求把自己葬在大海面前，"埋葬在石头的每一个皱纹区域"

第三部分

一个智利家庭的缩影

堆满老古董的大宅子，搬家时孩子们一件值钱的东西也没拿，尼古拉斯说波斯地毯太华丽了不适合他，菲利普说受够了那些几百年的老东西，只带走了童年的箱子、电脑、卫生纸、拖把和那些没人要的破烂儿。一个永远要出走的爸爸，一个从不做饭的妈妈，一个满脑子民间故事的园丁，四个毫不相似的孩子，构成了这样一个国际化的智利家庭。

可惜何塞不识字

圣地亚哥的春天来了。

圣地亚哥的春天，就是北京的秋天。胡安在一个远离城市的院子里长大，在我去到他家之前，我对那样的花园一无所知。在中国东部地区城市长大的孩子，很少能对野外有太多印象，四季更替只发生在街道两旁的植物上。除了在树坑里瞅过蚂蚁搬家，在路边儿逮过几只蚂蚱，去农村见过猪、牛、鸡、鸭，离真正的大自然还是非常遥远的，那是要以飞机丈量的距离。对我的日常来说，大自然是遥远的幻景。

胡安曾无数次对我的见识表示遗憾，他认为我应该在学龄前就了解一颗种子怎么长大："你应该亲自种一棵树，不出几年长成跟你一样高，慢慢比你更高，它枝繁叶茂、开花、结果，你就能体会收获的滋味。"

胡安父母家近万平方米的院子里，花花草草和几十棵果树都是何塞照料的。除了父母，何塞是陪伴胡安成长最重要的那个人。何

从远处的高树到近处的果树和花草，都是何塞的劳动成果

塞比胡安爸爸年轻几岁，从胡安记事起，何塞就为他家打理院子。

　　胡安小时候安静羞怯，留着长头发，像个小姑娘。幼儿园一放学，他就跑去院子里找何塞。雪山融化、天地间虫鸣、果实落地的声音，都是何塞带给他的。何塞工作的时候，胡安就坐在草地上等着，长大一点，胡安就帮着干些活儿。胡安喜欢推着除草机在院子里劳动，直到现在，当他想到何塞时，满脑子都是草地的清香。

何塞不识字。

在 50 多年的时间里，他从没觉得这是个问题。如果他识字的话，那颗浪漫的、感情充沛的心，早就让他成了智利第二位聂鲁达。

没成为聂鲁达的原因可能是时间不够用，他经年累月为植物生长操碎了心。何塞说他也不稀罕，他知道聂鲁达这个人，不是因为觉得他诗歌艺术精湛，而是因为作为一个共产主义者，聂鲁达不仅吃好的、穿好的，还在智利好几个最美的海边买了好几套房子，完全是个两面派。

然而，何塞是一心一意的。谁家有什么植物不开花、长了虫害，花园草坪稀稀拉拉的，他们自个儿家的园丁解决不了的时候，就会来敲门，问问何塞怎么办。何塞的专业性没有得到任何智利教育部门的认可，他的技能是从爸爸和爷爷的经验里来的，自己又比较上进，参加过一些公益培训课程，他对自己的实力毫不怀疑。

我在院子里摘牛油果，何塞放下锄头向我走来。我是通过气味辨别他的，何塞的香水味三米外都能闻到。这天，他穿着雨靴，刚刚用自己搭建的灌溉系统给花草浇了水，满脚是泥。

他给我讲他对这满院花草的打算，他新种了什么花，嫁接了什么果树，一种当地罕见的什么鸟在院子东北角筑了巢。我们说话特别费劲，他不能说英语，我不能说西班牙语，只能通过翻译软件。但这阻止不了他给你讲故事。他讲话非常幽默，笑话一个摞着一个，在社会等级分化极为严重的智利，幽默是何塞这个阶层的"保护伞"。在这个阶层，你要会讲笑话，还要接得住别人开的玩笑，这是赢得尊重至关重要的能力，甚至可以化解危险。

偶尔何塞也忍不住要给你传授点人生经验。比如他说，人一定要多学习，只有这样才没有人能诓你，才能自己做判断。这个逻辑我比较生疏，中国人会说：人一定要多学习，只有这样才能找个好工作，多赚钱。

胡安小时候亲自见过，有其他业主对何塞出言不逊，何塞理直气壮地回应："我没你有钱，但我绝不接受你这样对我说话。"胡安说，何塞身上有种强壮的体面、生而为人的自信。很多年之后，胡安最讨厌以大欺小、恃强凌弱的人。他对阶层的敏感，对上层阶级的怀疑，对钱的满不在乎，以及对他家族人的某种敌视，大约源自何塞。

头几年，何塞在50多岁时参加了扫盲班，学会了基础的拼写，偶尔发条简单的短信给胡安："你好吗？我很好。希望你和你的polola（女朋友）快乐，一个beso（亲吻）。"

看了短信，胡安眼圈就红了，他说何塞是他最柔软、天真的那部分。胡安小时候，何塞常带着他去"探险"，去没有人烟的树林寻找"恐龙化石"。有一次胡安捡到一块骨头，高兴得跳起来，觉得这无疑就是恐龙的骨头了。何塞也不戳穿他，就像保护孩子对圣诞老人的幻想那样。胡安至今还记得，回家时何塞把胡安举到肩头，坐在何塞的肩头，世界也变小了，胡安第一次品味到了胜利的滋味。

胡安的爸爸文森特当年还是个嬉皮士，留着长头发，穿着阔腿裤，不到20岁就去了美国。在许多国家旅居，最后带回来个西班牙裔的菲律宾姑娘，这姑娘在美国读大学，美得像只小鹿，轻盈、开朗，会说至少3种语言。在每个party上，她都被所有人围在中间，嬉皮士文森特害羞地盯着她看。这姑娘就是胡安的妈妈卡门。嬉皮士后来剪了短发，回到智利，在圣地亚哥的郊外买了这片地，打算和姑娘卡门开始新的生活。

院子太大，想自己照料花园不太现实，这种情况下，智利许多家庭都会雇佣园丁。何塞就是这时候来到胡安家的。小树苗变成大

何塞种的水果，在不同的季节纷纷成熟。梨子和葡萄纠缠在一起，牛油果和橙子也扭打在一起，还有桃子、车厘子……西瓜一年结不了几个，何塞会提前备好留给我们吃

树苗，藤蔓开始结葡萄，树上开始结杏子、李子、车厘子、牛油果……结了太多，大家也吃不完，任由鸟和松鼠来偷吃，或者任它成熟掉落在地上。

何塞料理院子30多年，整个院子都充满了他的"逻辑"。他对这院子倾注了许多劳动、许多情感，有种忠诚感。而他同时认为，在这个院子里，他是主宰者，整个院子怎么打理，他说了算。在堆放杂物的小屋里，何塞用棕榈壳雕了张脸，说这是院子里的神。神的"头发"支棱着，立眉瞪眼地瞅着跟前的一根蜡烛。

我说："这神总得有个名字吧？"

何塞说："那还用问吗？就叫何塞。"

秋千旁的另一块牛油果地，大颗大颗的牛油果悬着，像要马上滴落下来，牛油果群下面，立着一些木牌。每块牌上写着一个单词。我不认得，拉胡安过来问这是什么。

原来这是他们家的宠物墓园，30年间所养的猫猫狗狗死去之后，何塞都为它们做了墓，立了牌，用花草把墓围起来。家里宠物去世，何塞是最难过的，这些小动物给予了他最多的陪伴。何塞因为不识字，当然也就不会写字。他根据每只动物的发音，去寻找相近的词。有一只狗因为跟邻居的狗打架被咬死了，何塞曾为此伤心地哭过。这木牌上，何塞还把它的名字拼错了，却并没有人去纠正他。

何塞用从海边捡回来的石块、参加party带回来的装饰品，在院子里实践自己的新创意。他甚至在一个角落做着东方园林式的尝试。虽然不太成功，但能看出他的意图。何塞不让我拍照，因为还没造好，他对这些事儿的尊重程度，让旁人不得不也开始尊重起来。

何塞还给每条小路都取了一个名字。因为我的到来，何塞在进门的小路上，重新分了个岔，开辟了一条新的路，路牌都装好了。他跟我说："这条路得是个中国名字，你可得好好想一想啊！"可惜直到现在，我还没起好这条路的名字。

院子里各处都是何塞的装饰

一个智利家庭的缩影

何塞用泥巴和各种捡来的"垃圾"制作的圣母祭台,旁边水瓶里是他骑行到上百千米外的教堂领回的圣水,花瓶竹筒也是他自己制作的

  他身上也有智利人贪玩的品性,家里摆放着很多奇奇怪怪的玩意儿。比如他周末出去玩时会带着一个像吸尘器大小的小机器,一问才知道,是个金属探测器。在海边和山里,他竟探出了几条金项链。何塞不知有多少民间小故事,还有各种民间的、迷信的小招数。他说院子里的一种植物 parqui(夜香树)可以"驱邪",据说过去蛇是立起来走路的,正是因为人类找到了这种植物,对着蛇挥舞,蛇才屈服于人类,开始趴着走路,只偶尔立起身来。何塞找了一根气味浓烈的夜香树枝,切成两个小条,做成个十字架,再用红绳将它们绑紧,挂在我们门框的一角。他相信这使我们得到了庇佑。

  11 月的车厘子刚好成熟,全家只有我每天坐在树上不愿下来。我把我黄色的保温杯挂在树杈上,一边摘一边吃。智利的天空真好看,太阳也过于热情，脑袋顶的头发像要着火了。两只狗在树下望着我。

这时候，何塞歪在胡安的窗口站着，讲他的生活、他的故事。从胡安小时候起，何塞就常常这样靠在胡安的窗边，和他聊天。何塞给胡安讲过很多故事，大部分重复了不止一遍。何塞一说话就停不下来，胡安倾听的习惯大约就是那时候练成的。今天，何塞又在讲那些重复了不知多少次的段子，胡安依然不会打断他。他说，他理解何塞的孤独。

何塞没结过婚，我是后来才知道的。他向往爱情，历任女友都认为他非常浪漫，但又嫌他性格太固执，每段感情都因为种种原因戛然而止。这些天他想邀请我们上他家坐坐，可因为和新女友的约会，何塞爽了约，他觉得胡安一定能理解。

直到前两年，50多岁的何塞终于申请上了智利政府的福利房补贴。这套两层的房子折合成人民币只花了何塞几万元。智利的低收入者到一定年龄、满足一些额外条件便可以申请这样的住房，申请上的人几年内不得外租或出售，房产永远属于你，包括这块地。

何塞欢欣雀跃地搬进新家，这是他有生之年第一所完全属于自己的房子。他邀请我们去他家吃烤肉——烤的鸡腿和兔肉。我们亲眼见到了这所小房子，一切经他仔仔细细地修整、装点，逐渐有了何塞在胡安家花园里打理出的那种气氛。进门处的一个小院子，用于放自行车和摩托车，除此之外，何塞还用小小的空间造了一个供奉圣母像的祭台。祭台上，常年放着一瓶他从教堂领回的圣水和几束鲜花。一楼是小小的客厅、厨房、洗衣房和最靠里的一个温馨的烧烤区域。

烧烤架的对面，有处不到一平方米的露天角落，他竟在这里也造了个小花园，层层叠叠，煞是热闹。各种各样的植物堆叠着，仔细一看，又发现树丛里藏着一只向外张望的长颈鹿玩偶，树杈上吊着几只小青蛙、几盏铜灯、几个小风铃……他用尽了自己的审美，却常常做出些四不像的玩意儿，在胡安家的大花园也是这样。但从未有人告诉他："你的艺术不够美哦！"胡安家人人尊敬他，说这是何塞的艺术，是何塞的生命力。何塞的艺术是艺术吗？只要在创作，谁都是艺术家，何塞绝对相信这一点。

何塞家的楼梯间墙面挂着胡安家送给他的油画，他认为这是美的生活。他还无师自通，买了颜料自己画，于是整面墙满满当当挂着他的艺术。一面镀银镜、一件小小的红木置物架，也来自胡安家。何塞仔仔细细地收藏着，摆放着自己搜集的小银勺、家人的照片、披头士海报……何塞还很喜欢搜集铁皮号码牌，不知从哪儿找了好些个，挂在家中各处。他每天审视自己的新家，哪儿不合适就自己动手捣鼓捣鼓。楼上三间卧室，每个角落都整洁干净。何塞说每次女朋友和他吵完架，一赌气就会跑去次卧，一晚上不和他讲话。何塞为了让她快点消气，特意把次卧打点了一番，挂上了一幅色彩活泼的画，并把墙刷成了粉红色，时不时放上一束鲜花。

去年圣诞节，何塞在新家的这片街区扮演圣诞老人，骑着那辆中国产的三轮摩托车，给街坊邻里的孩子派发礼物。因为眼疾，何塞没法考驾照，这辆三轮摩托车是他能驾驶的跑得最快的交通工具。

他刚买这辆车的时候发了一段视频给我，因为他发现在倒车时这辆车总用中文嘀咕着什么，只有倒车的时候才有。他问我："这车究竟在说啥？"

我一看，说的是："倒车，请注意，倒车，请注意……"我让胡安翻译成西班牙语告诉何塞。何塞说，这不废话吗！

我那"自私"的智利婆婆

卡门不算智利人,她出生于菲律宾,人生大部分时间是在美国和新加坡生活,也在伦敦和西班牙工作过两年。直到30多岁,跟胡安的父亲文森特来到智利。

在跟我婆婆卡门接触之前,我以为全世界的妈妈都是中国妈妈那样:为孩子奉献,时刻将孩子放在最高优先级,甚至牺牲掉自己的爱好、品位、朋友,竭尽所能地省钱、降低自己生活的舒适度,把自己全身心倾注到孩子身上,以孩子的成就为自身的最大成就。

要7点喊你起床,你起不来还会给你留点早饭在桌上;8点还没起,舍不得叫你;9点起来了,把早饭给你热一热。青春期,督促你穿秋裤;成年了,督促你赶紧结婚。舍不得吃、舍不得穿,攒钱给孩子买房子、买车子、带孙子。

我小时候流行的那些电视剧里,往往有个不言不语忍受一切的母亲,为了孩子,坚忍得让人不忍直视。这些苦情戏不知影响了几代人,让人们觉得母亲为家人,尤其是为孩子牺牲,是天经地义的事。

等娃长大了，她们当然一时间也收不回那双什么都管的手——我一把屎一把尿给你拉扯大，现在你翅膀硬啦？当然了，背后也有那么点意思是，我付出那么多，现在轮到你回馈我了。于是，巴不得参与到孩子的婚姻生活里，孩子做什么选择，都得跟她商量。你不让她参与？那不行，你不让她带孩子，她可干什么去呀？那种日子快乐吗？她们觉得快乐吧。对想这么做的妈妈，几头牛也拉不住。

但是跟我婆婆卡门同住的日子里，我可傻眼了。她与中国妈妈一切以孩子为中心，凡事孩子先来的逻辑出入太大。

照中国人的看法，卡门是个娇小姐，她生了四个孩子，但是依然天天去健身房，该做头发做头发，想出去玩儿就出去玩儿，每天都会看书，脚指甲盖儿涂得红红的，还学了几年探戈，报了个初级汉语班。她从超市回来永远带着根鲜芦荟，用报纸包着，打开给我看，这玩意儿泡完澡在身上抹一抹，她跟我说，这是她看上去很年轻的秘密。

卡门67岁了，有生之年做饭次数屈指可数。她说自己不爱做饭，觉得把众人聚在一起消耗精力。按文森特的说法，结婚那么多年，她几乎从不主动邀请客人来家里，嫌麻烦。要是有客人来，都是我公公在院儿里烤肉招待客人。早年，家里有阿姨照顾四个孩子，现在子女大部分时间已经不和她一起住，阿姨两天才来一次。

但她依然不做饭。家人极少一起吃饭，谁饿了就从冰箱里翻点东西吃。大多数时候就是意面和三明治，拌点沙拉，就着奶酪，一顿一顿"糊弄"自己的肚子。我的中国胃得吃鲜乎的、热乎的，要几种蔬菜、几种肉，汤汤水水煮上两个小时才是正经饭。我觉得他

我那"自私"的智利婆婆

卡门卧室外的门廊

们糊弄，可他们不觉得，数不清品种的面包和奶酪，他们天天吃得津津有味。

有几个月时间我们住在一起，我是全家起床最早的人。七八点，我准时醒来，哪怕在倒时差期间也是这样。这种习惯源于我小时候，这个点还不起，爸妈的脸色就不会太好看。这种习惯的养成实属无奈，现在习惯了，7点准醒。

因为我们回来，兄弟姐妹也都搬回来住了。我起床的时候，家里静悄悄的。我把胡安拽起来——早饭对我来说可是天大的事儿，不吃就消解了一天的意义。胡安碾碎两个牛油果，摆出几种奶酪，热一热面包，挤上几种酱，加上酸奶或者咖啡，早餐就齐了。

10点多，卡门终于起床了，睡眼惺忪地问我们："有没有啥好吃的呀？"午饭呢，没人按时吃，我的胃可定时定点地饿了。婆婆这时候一般已经吃完自己的早餐，在花园里晒太阳看书、听音乐了。这要在中国家庭里，爸妈一定会理所应当地忙活做午餐了吧！我等啊等，可是没有。

胡安说："她也想享受她自己的时间啊，让她围着我们转不公平啊！"于是，我们开20多分钟车到中餐馆去买份尖椒肉丝加面包的三明治。我们出去时，卡门坐在泳池边晒太阳看小说，开开心心地冲我们说："Have a good day！"

完全没有那种因为没"履行义务"的愧疚。毕竟不是义务，就不必愧疚。

太阳大好，我抱着一大盆衣服去院儿里晒衣服。卡门过来帮我，说："你知道吗？你不能什么都自己干。"

我一下没反应过来。她说："你应该让胡安分担家务。"我说："你放心吧，你儿子在家比我干得多。实际上除了做饭、晾衣服，其他事儿基本都是胡安干。"她说："那他为啥不做饭呢？"我说："他做的忒难吃了。"

她大笑，觉得儿子青出于蓝而胜于蓝。她把T恤、裙子、裤子、袜子一件件抖平，用夹子夹在架子上，双手轻轻抚平皱褶。

卡门带我参观她的衣柜。每件衣服都套着防尘袋，或者叠放得平平整整。她喜欢收集不同国家各种各样的传统服饰。她去过几十个国家，每去一个地方，她都会买一套带回来，就这样收藏了一柜子。她感慨地说，好多衣服现在没机会穿，因为很少去参加party或者其他活动了。我鼓励她多出去玩玩儿，像年轻时那样。她试穿了其中一件,那是几年前她和她在伦敦生活的姐姐一起去印度旅行时买的纱丽。脆生生的橙色,让她看上去像只金孔雀。我说:"你真像只漂亮的鸟儿啊!"

卡门自从前几年和胡安爸爸分手,就几乎没什么社交活动了。懒得去,也没心情去。她原来可不是这样的。在任何一个聚会,她都是全场的中心,漂亮、聪明、会唱歌、爱跳舞,大把男士被她迷住。她说,恋爱的感觉她都忘了。我说,所有其他的快乐加在一起,也比不上爱情的快乐。爱情生活不够丰富的人,才会拼命去追寻别的,弥补生命的空虚。

卡门笑说,为了那些漂亮裙子,她也得走出家门,要是能谈一场恋爱就更好了。

我俩在门廊上靠着,卡门在抽烟。她站在灯下的一头,边上围绕着胡安奶奶做的雕塑、一些粘了灰的铁艺,还有两个30多厘米高的兵马俑。我发现她的身材依然很好看——小麦色的皮肤、强壮的腿、微翘的屁股。她总是那么神采奕奕,胶原蛋白的流失让她的眼睛显得更大了,有种饭吃得很少的人的轻盈感。她说话时,整个人让人看上去不得怠慢的样子。

她和我聊文学、早年在英国和西班牙工作生活的日子,也聊电影,更喜欢聊公共事件。她记忆力极好,我说喜欢伍迪·艾伦(本名艾伦·斯图尔特·康尼斯堡,Allen Stewart Konigsberg),她甚至能信手拈来《安妮·霍尔》(*Annie Hall*)中几句有趣的台词。

我问她,现在的她喜欢什么样的男人。她说,她想要陪伴,一个相互理解的人,或者就是约约会、玩一玩也不是坏事。

她给我递了根烟，说你们小姑娘应该会喜欢那种带爆珠的薄荷烟。自从我们搬到智利，她感到之前的抑郁完全被我们带来的喜悦冲散了。她问我："中国得抑郁症的人多吗？"

我说："近些年对抑郁症关注得多了，就显得多了。原先，中国人对心理健康并不是很关注。至少我知道有非常多普通人都被焦虑、抑郁情绪笼罩着。"

"也吃药，定期看心理医生吗？"她问。

我说："有些人会吃药吧，但坚持看心理医生的人并不是太多，除非非常严重的。我身边有抑郁情绪、长期焦虑失眠的朋友，也没有去咨询心理医生。他们更多期待把自己投入繁忙的工作或者生活里，转移注意力。"

卡门说起最近开始重新申请工作，让自己忙起来。她年轻时在媒体工作，也为政府工作，是一名出色的翻译。现在，她相中的两份工作都来自大使馆。

这次门廊上的对话两周后，卡门通过了大使馆的考试，最后一轮面试中，只剩下 3 个人，除她以外，另外两位年龄都在 40 岁以下。我说："中国的有些招聘信息常写只招 45 岁以下的员工，或者写明优先录取男性，优先录取已婚已育的女性。还有写明，要长得好看的。"

卡门有点惊讶："这种公开的歧视，大家没意见吗？"

我说："当然有意见，比如我对这些事儿意见就很大，但并没有什么办法。"

卡门的爷爷奶奶是西班牙人，过去菲律宾是西班牙殖民地，因此她和她的兄弟姐妹都出生在菲律宾。从照片上看童年的她，像个美极了的洋娃娃，站在花园中，小公主似的，身边停着一辆小汽车。她小学时，因父亲工作的关系举家迁往美国。没过几年，美国公司又将他派驻到新加坡，于是她在新加坡也生活了四五年。后来她回到美国读大学，认识了胡安的爸爸。

卡门习惯于穿梭在不同的文化中，对于不同的文化，她的适应能力很强，在平时聊天时就能感受到。她很清楚地理解不同文化里共识的不同：一件事在智利是共识，未必在美国是共识；在美国认为理所应当的事，在中国可能并不是这样。她会问我对很多问题的看法，问完之后，静静地听我说。

对她儿子，也是一样。一家人常常辩论，但极少插手对方的决定。她偶尔会试探性地问胡安：明年准备在哪里生活？有什么计划？但问得十分委婉。把边界保持得清清楚楚——儿子是独立的个体，他的规划是他和他老婆说了算，这些事儿她没有参与权。

只等儿子咨询她的建议时，她就爽快地把自己知道的全讲出来。她语言上的支持是完美的，但绝不会落实在行动上。胡安有时也抱怨，卡门几乎不会给孩子们买礼物，除了口头表达，没有什么实质性帮助。之前胡安要在亚马逊网站买本kindle的电子书，想让卡门帮忙付款，30美元而已，卡门居然拒绝了："儿子，真是抱歉，这件事我没法儿帮助你，找你爸爸解决吧！"

卡门甚至有个属于自己的冰箱，放在她自己的房间里。而其他所有人共用厨房那只大冰箱。我当时很惊讶："这是为啥呢？""卡门不爱分享。"胡安爸爸说。

但是如果需要精神支持，卡门简直是行家。跟她聊完天儿，人人都觉得自己是个天仙或者天才。比如胡安在申请一个难度很大的工作，卡门会说："天呐，你这么优秀，谁不愿意和你一起工作呢？不可能的！你会那么多语言，又那么勇敢，简直是这份工作最好的人选！"

她看见我做的植物染，赞不绝口，兴奋地说我简直可以做一个自己的品牌了。每回听她夸人，我都感觉不好意思。但是每回被她夸，我都会自信心倍增，持续好几天。

我们临结婚前半个月，卡门才得到消息。她准备了个家传的钻石戒指，连带着一只木雕首饰盒，打算一并送给我。我只收下了首饰盒，实在不喜欢钻石。

她总说："我可真喜欢跟你们待着。"她同时又担心这样会给我带来压力，就反复问我："你觉得这样OK吗？"我说："没问题。"

即便已经好几年没见着儿子了，卡门也不会老黏着我们。我们每周末都会去海边或山里玩，她不知有多想跟着我们，但还是忍住了。爱是想要触碰却又收回的手，就是这个意思吧！

印象很深的是，有一年我们离开智利的时候，挺热的天气，卡门戴着我送她的围巾。在机场，她一直抹眼泪。她问下次见面会是什么时候呢。胡安也不编什么善意的谎言，直接说，不知道啊。卡门继续抹眼泪，看着我们走向安检闸门的身影，不停挥着手。

我们给卡门发消息，让她回去好好休息，不要惦念。卡门说："放心吧！我晚上还有个party要准备呢！"我猜她在那些涂指甲油、烫头发的间隙里，想念不一会儿就烟消云散了。

我那"自私"的智利婆婆

在书稿完成后不久,卡门突然离世了。她生前快乐的时候,会在泳池边的沙发躺着晒太阳看书。用这个阳光灿烂的角落,纪念她

世界人的行李箱

已经下午2点，胡安他爸文森特突然说："走，带你们去安第斯山看银河！"然后我们就去了。

为了看星星，我们从圣地亚哥开车3个小时来到安第斯山脚下。山上都是矿，随便摔一块石头都能看到花花绿绿的颜色。文森特说如果运气好，在山里能看到安第斯神鹰，刚说完，就有几只从头顶飞过。文森特激动得抓起手机开始拍照。安第斯神鹰主要分布在安第斯山脉和南美洲西部临近太平洋的海岸，栖息在海拔三五千米的岩壁上，是西半球最大的飞行鸟类。它们爱吃腐肉，尤其喜欢鹿这种大型动物的尸体。它们还是世界上最长寿的鸟类之一，能活到近百岁。文森特自小就喜欢这些山中的大鸟，说没准儿今天看到的某一只就是他童年曾见过的。而如今，在山中能看见的神鹰已经比过去少很多了。

胡安在找化石，捡到块石头碎成四片，准备拿回去做书签。夏天的山里冷得要穿羽绒服，我们看着河从山上流下来，冻得哆哆嗦嗦。

文森特脱了鞋蹚水，站在安第斯山谷急流的水中，裤腿儿都湿透了，跟我说："这才是真的大自然。"和他在一起，我和胡安才是老年人。

安第斯山脉围绕着我们，翻过离我们不算太远的一个山尖，就是阿根廷了。山中人养的羊在我们身边咩咩叫。阿根廷的山羊偶尔会跑过来，和智利的山羊谈情说爱。回程前，我们在沿路的小旅馆吃了点比萨，又喝了两杯咖啡。店员跟我说，她学过中医，会针灸。在这荒山野岭的地方，让人觉得很意外。我们坐在店外看星星，听见里面一直充满欢声笑语。银河太近了，伸手仿佛能摸到两颗星。我和文森特说，这样美的银河，谁会不起贪念呢？我起码想要两个。

山那边就是阿根廷了，山羊一直冲我们笑

一个智利家庭的缩影

在我们和文森特的许多次旅行中,我偶然拍下的胡安和文森特同时在镜头中的所有照片里,文森特永远在前面领路。70岁的他还在过青春期般的生活,勇敢、冒险、不顾后果

　　文森特总是这样,就在他和我婆婆卡门分手前,他也经常一时兴起,带着卡门开五六个小时的车,去智利北方的某个小镇吃顿饭。转上一圈儿,睡一觉,第二天再开回来。说走就走的旅行,放在他身上毫不夸张。他常给人带来惊喜和浪漫,是极好的玩伴。他给我讲了不少过去的故事,对我来说真像电影一般。

　　文森特的母亲来自一个西班牙的贵族家庭,家族里迁来智利已有很多代人了。这个老太太在智利曾经是个小有名气的画家,一辈子衣食无忧,人生中有一半的时间生活在纽约。因此,文森特的童年有大部分时间是在纽约度过的。自小母亲在全世界旅居,孩子们也跟着去。可以说文森特从小就是个小小的世界人了。

　　文森特十几岁时,他的父母离了婚。离婚在当时的上层阶级是被人轻视、鄙夷的行为,他的艺术家母亲特立独行,在第一次婚姻中同时还有个长期的情夫,这位出色的犹太商人后来成了她的第二任丈夫。智利是在2004年才将离婚合法化的,在此之前一直沿用

1884年的婚姻法。她同第一任丈夫解除婚姻的唯一办法是获得民事废除，证明登记的配偶在结婚证上以某种形式撒谎，从而使婚姻合同无效。当时的人们要离婚，通常要走这样的途径，那意味着在法律上宣布过去的婚姻等同于无。

文森特的父亲出身于上中产阶级，性格刻板严厉。这个循规蹈矩的男人一辈子在一家企业任工程师。文森特的父亲再婚后，依然居住在老房子里，当文森特时隔多年再去这处房子拜访时，吃惊地发现一切都和童年时的家一模一样。文森特的父亲的规训、按部就班在文森特的母亲看来非常乏味。几十年之后，文森特始终认为这是他父母分手的最大原因。文森特的父亲把他送到德国学校读书，直到今天，智利最好的学校也多是英国人和德国人办的。文森特完全是头桀骜不驯的狮子，他接受不了这样一板一眼的教育，屡次被父亲劈头盖脸地责骂。后来，艺术家妈妈领走了文森特，从此他的个性被完全呵护，甚至在鼓励中成长。谁也不知道这是一件好事还是坏事。他一生自由烂漫、敢于挑战、勇于冒险，但与此同时缺乏持之以恒的耐心和责任感。如果不是一个有钱的母亲做长期的后盾，谁也不知道他会把生活折腾成什么样。

不到20岁，文森特就独自去美国上学和生活。毕业后的几年，文森特既不想接受母亲的资助，也并未找到自己真心实意喜爱的事业。那些年里，他在加油站打工、开汽车修理店，打半年工就用攒下的钱去各地旅行。他的女朋友各个是大美女，这是他一生中为数不多的几个坚持下来的原则之一。

有一年，文森特陪朋友去附近的小城见姑娘时，第一次遇到了卡门。那天晚上，所有人都在唱歌跳舞，他觉得无聊透顶，尤其当人们拉着他一起跳舞的时候，他简直烦透了。这时，一个姑娘的声音帮他解了围："他不愿意跳舞就算了呗，就让他做自己吧！"文森特顺着声音找到了这个小鹿一般轻巧、漂亮的姑娘，对她充满了好感。

那天晚上，文森特带着卡门去酒吧，两人算不上一见钟情，文森特说，但是感觉也不坏。快到凌晨，他突然跟卡门说："走，我们去纽约吧！"这件事我从没听到过卡门的版本，因此我也不知有多少夸张的成分。总之，他们开了一宿的车，来到了纽约。在博物馆闲逛，去坐游船，坐直升机俯瞰纽约的景色。睡了一宿，又开车回了家。就像他带我们去安第斯山看银河一样，说走就走，毫无计划，却颇为浪漫。

卡门比文森特小几岁，当时还是个大学生，被文森特的浪漫气质完完全全吸引了，理所应当地成了男女朋友。在卡门毕业后，他们俩在西班牙和伦敦工作了几年。20世纪80年代初，他们回到智利定居。我甚至很难想象，和这样一个想一出是一出的男人共同生活是什么感受。当恋爱的激情过去之后，沉静下来的生活、日常的重复与琐碎，对于文森特来说意味着什么？

婚后的前20年，文森特的事业一路上行，他在纽约做过很短一段时间的程序员，后来为一些跨国企业做过技术工作，回到智利后没几年，就开了一家自己的小公司。卡门说那时的文森特，一个月有20天是在飞往不同国家的飞机上度过的。他在45岁之前，基本可以飞机上睡一宿，到目的地后马上开始工作。他对于事业的狂热持续了30年，在他60多岁时却遭遇了一场有关生命意义的危机。

文森特开始质疑人们对于成就和金钱的追求是否真的有意义，与此同时，他也开始对婚姻感到失望。也是在那个时期，他和卡门分了手。他觉得自己奋斗的几十年，似乎都是在为别人而活。他踏上过除南极洲以外的每一个大洲，见过了几十个国家的文化和生活，可他依然不快乐。

我曾和文森特说:"你快乐的阈值太高了,一般的简单的刺激已经无法使你快乐了。"但他依然像个青少年一样活着。他无比关照自己的情绪,有一刻倦怠、无聊都无法忍受,要立刻起身离开,去寻欢作乐。

在 60 岁之后,文森特经常在不同的国家旅居,有半年在意大利的一个村子里,有半年在哥伦比亚的海边。只需要一台电脑,他就可以继续写程序。他在 65 岁时做出的一个产品,还被卖给了一家哥伦比亚的超市。如今他 70 岁了,工作依然是令他快乐的事,最近他还在自学人工智能。他每天 7 点起床,我也差不多,我们两个是胡安家起床最早的人。我们每人喝一杯咖啡,便开始工作。

与此同时,文森特也开始简化自己的生活。他放弃了近万平方米的大花园,住进了小小的公寓,对于家族里留下来的老古董他已

走遍几大洲的文森特最眷恋的还是智利的海。他迷恋这种惊涛骇浪的感觉,如果他回智利,那么一定住在海边的城市

经完全厌弃，在我们一次彻底的搬家之后，他一样东西也没有留。他的全部家当只有一只行李箱、一些用得上的衣服、一块老怀表、几张家族的照片和一台电脑。他依然在全世界穿行，却把负担全部放下了。

但这与佛教意义上的心灵解脱完全是两码事。他几乎是我见过最爱抱怨的人。比如，他经常说讨厌自己小妹妹的丈夫、母亲和二婚犹太商人生下的唯一的孩子。他们如同所有守护着自己圈子的上层阶级一样，生怕从神坛上跌落。他们说几种不同的语言，通常拥有两个国籍，当他们去旅行度假时，去的是中产阶级都不会去的海边和森林。这一切是文森特童年所熟悉的环境，但他厌恶这一切。文森特当年回国时，按道理应该同样居住在那个地区，他却不愿遵循智利保守的传统，直接去郊区买了一块地。他的一生都在想办法和这些人划清界限，但却毫无避免地携带着他们的行为习惯。当他在餐厅和服务员对话时，文森特很少使用敬称。当他在与人争辩时，时而也用上层阶级那种"我比你知道得更多"的态度，尽管这在智利被视为非常不礼貌的上层人行为。胡安的两个弟弟不喜欢他，一家人去饭馆吃饭，弟弟们就坐得离他远远的，生怕人们认为他们和爸爸是一样的人。

他喜欢智利冰冷的大海，狂风呼啸让他感到清醒。有一段时间他邀请我们去他居住的一个海边的公寓，晚上上床，我发现床上都是沙子。他不知道怎样处理脏了的床单，这已经是他尽力打扫卫生之后的结果了。过了很久之后，我们在描述一个家庭的干净程度时，他说："这幢房子简直就像我海边的公寓一样干净。"你瞧，这还成了他干净的标准。文森特是和卡门离婚后才第一次刷了碗，熨了自己的衣服。在此之前，他对家里的一切毫无概念，但这并不代表卡门有更多的概念。当我第一次见到卡门如何对待厨房脏了的毛巾时，就知道她对家务也是脑子一片空白。家务谁干呢？都是家里的阿姨。我常感到，他们的身体有种做不了精细动作似的笨拙，大概是因为常年不亲自动手。

而他们养育的4个孩子，通通找到了生命中热爱的事，文森特为此感到非常骄傲。而当孩子们面对一些具体的日常事务，比如擦地、做饭、刷碗和修车时，他们的手脚就像文森特一样不麻利。在这些事上，文森特的毫无章法得到了下一代完全的贯彻落实。他们对于亲自动手这件事，似乎太过轻视了。当他们一家子看到我40分钟就做出一顿三菜一汤的像样饭菜时，全都感到吃惊："这不是变戏法吗？"胡安深受我的影响，每次整理清洁完，他都深深爱上了自己，动情地说："这一次一定要整整齐齐地过日子啊！"文森特却觉得，自己的儿子成了家政服务界的西西弗斯，家务这块巨石，这辈子是推不完了。我告诉文森特，这些日常里的细枝末节在我们东亚文化里，甚至是一种美学和修行。

这个拧巴的智利老头儿，在和前妻卡门分手七八年的时间里，依然负担着她的全部开销。在卡门的每一个生日，他都会找人送来一束鲜花。卡片上不写名字，却偷偷从身边人口中探听卡门收到鲜花开不开心。最近，他在哥伦比亚免费教小孩子编程，他说这是他找到的新的人生意义。

我们谁也不知道他的这个意义能持续多久，也许明天他又变了。文森特依然活得热火朝天，像永远长不大的孩子那样，对世界上所有新事物充满兴趣，而他那块核心的固执的大石头是谁也挪不动的。前段时间他再次出发前，一个行李箱变成了两个，我以为他带走了什么值钱的东西。他打开给我看，全是孩子们过去玩过的电脑游戏、看过的书籍，家里多余的登山包、帐篷和一些别的乱七八糟的玩意儿。他准备带到哥伦比亚，分给那些穷人家的孩子。

搬家记

胡安的弟弟们毕业了，准备搬出家里的老房子。大学毕业的年轻人没有想继续挨着父母住的。他们大多搬去和朋友合租一套公寓，天天和同龄人待在一起，开 party 也方便。智利的大学一般是不提供宿舍的，许多家在圣地亚哥的年轻人直到大学毕业，才真正迎来自己独立的时刻。弟弟们要搬走，胡安的妈妈卡门嫌冷清，也决定搬进城里，将大房子租了出去。整个搬家过程毫无准备和计划，充满突发状况，在这短短的几天内，智利人的行事风格简直让我处于崩溃边缘，让人突然跌入焦虑，却又马上被一个暖心的细节拎了起来，我的心情完全像坐过山车一般跌宕起伏。

我们得到了胡安爸爸文森特的一个消息：租客要在 4 月底搬进去，所以我们必须在那之前搬走。可还有一周就到 4 月底了，文森特居然自己跑到国外度假去了。而此时，全家人都还没动静。这事儿虽然跟我关系不大，我所有东西加在一起不过十几个还未拆封的大纸箱，但就连我都已经按捺不住了，问大家："搬家的事，是真的吗？"他们回我说："千真万确，可还有一周呢！我们用最后三天就能搞定。"

我一万个不相信。

智利人家普遍东西多，而胡安家尤其多，相当于一个普通六人之家物品的五倍。这个家庭30多年的物件和记忆都在这里，他们可从来没执行过什么"断舍离"。

我常在客厅里端详那些精彩的老物件。一些是文森特和卡门年复一年收藏的稀奇玩意儿，还有绝大部分是文森特家族和卡门家族的遗产：各种艺术品、小玩意儿，如中国瓷器、意大利银餐具、200年前的蕾丝和首饰、老教堂的窗玻璃、殖民地时期老建筑的房梁和巴拿马运河开通前、瓦尔帕莱索辉煌时期锁港口仓库的老铜锁。文森特有时会拧开一个看上去并不太方便的开关，这是从100多年前的老宅里收来的照明系统。

文森特最喜欢的是一只镶满了宝石的木盒子，用一种旧时代文雅的方法轻轻掀开，里面是一套酒器——比拇指大一点的精巧水晶杯。文森特说，这是19世纪末东方快车时代贵妇们随身携带的箱子，专为在这些豪华火车上喝利口酒。而我最喜欢的是家里铺满的那些漂亮地毯。那些手织羊毛真丝地毯大多来自波斯，是文森特家几代人传下来的，大大小小有几十张。上好的波斯地毯即便使用了一个世纪，毛色依然光洁发亮，每隔几年送去专业的店铺里打理，平时只需用吸尘器清理即可。里屋的那些书架上，放着100多年前的杂志和书，翻阅时我都小心翼翼的，很多纸张像晒干的树叶，看上去已经发黄、非常易碎。哪怕是三个洗手间和洗衣房的墙面，也挂满了孩子们童年画的画，被卡门小心地放在相框中，陈列在墙上已经20多年了。每件物品都在诉说着历史，如果给它们编号，写下它们的故事，这里就像个博物馆。

一个智利家庭的缩影

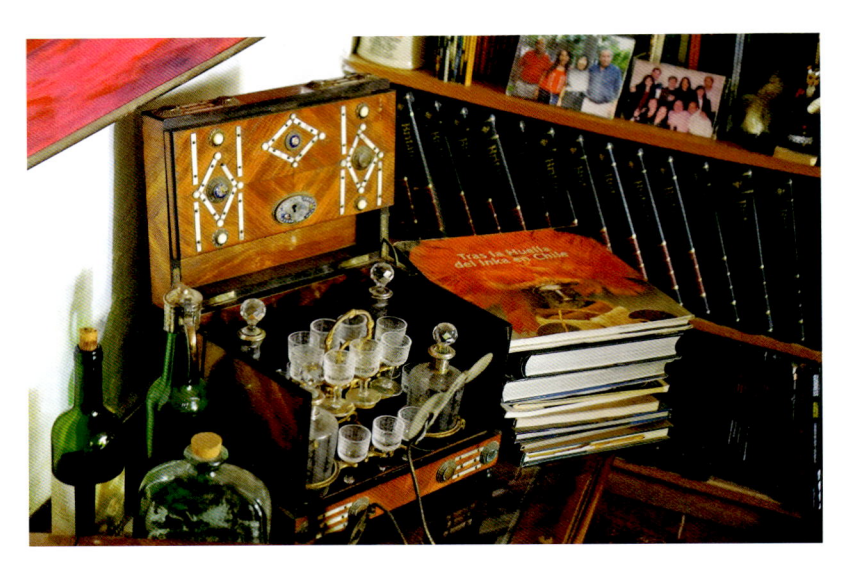

豪华火车上喝利口酒的小杯子

在搬家之前,我躺在沙发上最后一次打量它们,阳光洒在毯子上,亚麻让热烈的阳光也变得温柔,才发现角落有只木鸭子,那只鸭子在老照片里和幼年的胡安一起出现过,它要咬住那束光。

还有4天就是4月底了,哥儿几个还没开始筹备。包装的纸箱、胶条没有买,什么计划也没有。文森特认为自己早已和卡门分手,且家中物品他全都不要,便根本没有出现。卡门是个一辈子等人伺候的娇小姐,她对这样大宗复杂的家务事,基本目瞪口呆。这一家人的状态简直让我不知说什么好。一看他们我就心烦意乱,终于忍不住了,去和胡安和他的两个弟弟聊:"我都快急死了,你们不打算开始收拾吗?"胡安弟弟安慰我:"你不要着急,这件事不是你的责任,放轻松呀，我们会把一切打理好的！"

噢，原来即便和胡安结婚了，来了这家做媳妇，我也没有任何义务啊！如果我帮忙，那说明我是个好人；如果我不帮，也完全合情合理。可即便这样，这种混乱的场面也让我实在手足无措。

挨到只剩三天，三兄弟终于去家居超市买纸箱了，合计着究竟买 10 个还是 20 个。我差点当场晕厥："10 个？10 个怕是只够放一个卧室的东西。你们家所有东西要装完，至少要 100 个纸箱和 100 个大塑料垃圾袋。"他们被我的笃定说服，把纸箱扛回了家。这天晚上，他们终于开始收拾了，东一榔头西一棒槌地开干了。

弟弟菲利普收拾着客厅，突然觉得其中几件老茶几和沙发实在太大了，放在大房子里合适，公寓里怕是摆不下，决定拍照片发给朋友，看有没有要买二手家具的。这件事立刻吸引了胡安和另一个弟弟尼古拉斯的注意力，一转身发现他们仨已经放弃收拾，开始给家具拍照片了……心里的火不打一处来，却也不好说什么——这毕竟不是我的家呀！

我退回卧室开始收拾自己的行李箱，不一会儿胡安进来帮忙。可刚进来 3 分钟，他发现了一大箱子童年时的游戏光盘和 20 世纪 90 年代的任天堂，呼唤两个弟弟来看，仨人又开始在童年回忆里畅游开了。一会儿，他们又陆续发现了妹妹皮拉尔小学时的日记、这对双胞胎弟弟还在妈妈肚子里的 B 超单……这一切都"得益于"卡门是个"收集癖"。她给每个孩子都准备了一个老式皮箱，里面放着一个厚厚的相册，有孩子从出生当天开始到十几岁的照片和妈妈的笔记（里面还夹着出生当天的报纸），此外，还有孩子们第一次剃下的头发、第一颗掉落的牙齿、奶嘴和安慰毯……每打开一个人的小皮箱，一个孩子的成长轨迹就非常具象地向我扑面而来。这时候，我紧拧的心似乎放松下来了。搬家的过程，也是他们人生的一次回望和整

一个智利家庭的缩影

理吧!看三兄弟沉浸在童年的回忆中,开玩笑、打闹,好像搬家对他们来讲也是一个游戏。

我和皮拉尔打包了至少 20 套来自世界各地的瓷器、陶器,以及数不清的厨房用品。累得腰酸背痛,才顶多干了厨房的一半。拉货的车已经来了。负责搬家的三位工人是何塞侄子的朋友,雇佣他们,也是对何塞侄子的帮助。其中一个胖胖的戴着很粗的项链,却总是听另一位门牙已经掉了的中年男人的指挥。另一位瘦瘦的年轻人,穿着一件印着中文的 T 恤衫,他来时还带着酒气,可能还没从宿醉中完全清醒过来。他们和不大干活儿的胡安家三兄弟截然不同,做起事来手脚利落。

上｜胡安奶奶的画、100 多年前家族里的老照片堆在角落里,胡安兄弟们一边搬家一边开玩笑:"有个太有创作力的奶奶也不好,到我们这一代,家里挂的还是她的画!"

下｜老家具一车又一车地被拉走,搬家工人不是专业的,损坏了许多物件。这一车的老椅子,大概是奶奶坐过,太奶奶也坐过的。它们辗转去过几代人的家里,如今落在我和胡安的家中,我现在正坐在最大的一把椅子上写稿子

快乐的搬家工人

在搬了一整天东西，三个工人累得满头大汗的时候，他们突然见我手上拿着相机，比画着让我给他们拍个合影。他们仨嗖地跳上卡车，歪在一堆老家具上，摆起了pose。带着酒气的小哥在照片里使劲鼓起胳膊上的肌肉，笑得像个没心没肺的孩子。临走时，他从兜里拿出一包好彩牌香烟，撕下一角，留了他的名字和电话，说："以后有任何需要帮忙的，找我。"我接过来，那字体像是十岁小孩子写的，圆咕隆咚、可可爱爱。

他走之后，尼古拉斯才告诉我，他是那片区域有名的小偷。进过不知多少次局子，说他是小偷都算是美化了他。他平时打打零工，没钱又懒得干活的时候，就想别的办法搞点钱，偶尔也不惜用点暴力手段。在街上遇到这样的人，我们怕是避而远之，但在这里，我们又成了朋友。

第一批家具被搬走了，可这只是冰山一角。我急匆匆地跑进屋继续打包，没想到这哥儿仨又玩儿上了……他们发现了把气枪，跑到院子里，瞄准一听易拉罐，打瓶子比赛去了。我跑去看个究竟，看着看着不知怎么就参与进去了，我扛着枪，瓶子都没找着。打了几轮我竟也觉得好玩儿，把打包的事儿抛却脑后了。

等卡车来搬第二批，我们发现已经换人了。这次是何塞的侄子，他做了十几年的卡车司机，"五大三粗"的货车车厢后挂着个穿裙子的小狐狸玩偶。菲利普的一套架子鼓在公寓楼不能再练了，直接送给了何塞。何塞的侄子也是虔诚的教徒，说要把这套乐器送去教堂。"教堂的人越来越少了，音乐才是吸引更多年轻人的好办法。"

在家中一切杂乱无章、而我们只剩一天时间却还有一大半东西没收拾的时候，家里的小母狗苏西不见了。于是，我们所有人停下手中的活儿去寻找苏西，最后在进门一丛矮柏树里找到了她。原来就在这消失的一天里，她生下了10只小狗，做了妈妈。我们这才发现，她提前不知多久就在这个小树丛里搭了窝，拣了许多干树叶、树枝将小窝裹得暖暖和和的。看她轻轻侧躺在树叶上，生怕自己压伤这些还没长出毛的狗崽子，它们正在像耗子似的嘬着奶。我感动得要哭出来了。好像万事万物都在这一天向这所房子涌来，所有的事情都在同一时刻一起发生。

而在最后一天夜里，三兄弟突然意识到搬不完了。我说："我早就说了，搬这些东西至少得一周！"三兄弟说："总是有办法的。"于是，我们和租客商量宽限几天时间。大约智利人的一切计划都是打有余量的，对于这样突然的变化，对方丝毫没有生气，还将他们的皮卡借给了我们。

最后一天，弟弟们开车离开，家里两只长得一模一样的德牧疯狂地飞奔出去，追着弟弟们的车。没有人不为此而流泪。弟弟们的车里一件值钱的东西也没装。他们不喜欢也不在乎，尼古拉斯说波斯地毯太华丽了不适合他，菲利普说受够了那些几百年的老东西。前一天，皮拉尔只拿走了几条奶奶留下来的花裙子。我帮他们装车时，发现他们只带走了属于各自童年的箱子、电脑、为数不多的衣服、拖把、一提卫生纸、一些没人要的破烂儿，每人还拿走了一只童年时窗外的风铃，以及何塞用纸、玻璃球和塑料花糊的圣女像。对他们来说，这才是记忆。

  前段时间去菲利普和朋友合住的房子，狭小的写字台上只放得下一台电脑和几本书，旁边放着何塞做的圣母像。我问他为什么不放在阳台上。他说他的室友觉得这个手工圣母像实在丑得不忍直视。菲利普说时笑哈哈的，他不介意，如此珍惜着何塞的心意。

第四部分

急性子坠入智利慢生活

"享受"这个词儿,在我们的文化里似乎带有些负面的意思。我所知道的中国人,极少能不带负罪感地去享受一个时刻,享受一件事。要"适可而止",要"悠着点儿"。几乎还没到真正纵情的时刻就被视作过度放飞自我了。享受没有正当性,一个人如果太快乐,也是要被责罚的。而在智利,我学会的最重要的一件事是,即便什么也不做,也能毫不愧疚地庆祝什么也不干的一天。

如何温柔地肢解一只鸡

做了一碗牛肉,没炖全烂,稍有嚼劲。大片大片地送进嘴里,伴随着入口即化的洋葱,肉的滋味儿满口散溢。咀嚼的时候,一点点筋的存在让牙齿也有了快感,汁水足够多,整个口腔愉悦无比,我觉得这是一个月来做得最好吃的肉,但是胡安不这么想。

他挑三拣四,把大片肉撕个稀烂,有一点筋都不行,要剔下来。他觉得这么吃才合乎道理。他也不能接受一整只鸡端上桌来,耷拉着的鸡脑袋太可怕了,那双眯缝的眼睛一直盯着他,两只鸡爪子也太丑了,这些都绝对不能吃。

胡安他爸文森特有次去北京看望我们,我们还曾因为这只鸡争论不休。文森特表示,他也无法想象一只整鸡摆在面前叫他吃,他说自己只能吃一个动物屁股往上、脖子往下的部分。要肢解,也要人道主义地肢解。我问他:"吃了你看着不怕的部分,那剩下的不看就等于不残忍了吗?"我爸作为一个四川人,在一旁窃笑:"你们这些傻老外对食物真是无知无识啊!"当他把一碗泡椒凤爪端上桌的时候，文森特可能吓得没憋住尿。

我爸一顿饭在吃了不少鸡鸭鱼肉和叶子菜的基础上，还得来半碗甚至一碗米饭。吃半碗的时候，他会说："今天我胃口不太好。"但是文森特在把一桌的菜每样吃了一口之后就决定放下碗筷，他说他已经好多年没吃过这么多了。文森特大我爸8岁，比我爸高一点，比我爸重40斤。胡安心疼他爸："哎，他有点太瘦了。"我大吃一惊："你们对于胖瘦的标准究竟跟中国人的有多大差距？我爸145斤时，就已经开始锻炼减肥了。"

英国社会人类学家杰克·古迪（Jack Goody）在《烹饪、菜肴与阶级》（*Cooking, Cuisine and Class*）中写道，牛掰的菜肴"需要有一伙善于评论和喜爱冒险的食客"。就像我四川的亲戚那样，功夫就在舌头上，尝一口，吧唧吧唧嘴，三秒内诊断你这道菜其实少了半滴木姜油。她对食物非常刻薄：北京超市买的一切瓜果蔬菜都已经过了可以下锅的时限，催熟的一切让它们失去了应有的滋味，长途运输让它们精疲力竭；肉也不够健康紧实，像虚胖的人肚皮上挂着一层汗珠。

我在一本书中读到，4000多年前古埃及人的墓室里头区分了15种面包和蛋糕。当时，埃及人的肉类清单里，就有"头部""颈部""生肉""熟肉""用香料调味的肉""加糖的肉"等各种分类。埃及陵墓已经证明那时候已经有高级菜肴出现了。他们用离奇的方式精心地制作食物，装饰肉类，比如让它看上去是另外一样东西，跟我们把萝卜雕成牡丹、白菜雕成菊花差不多。但是这一切，对于胡安这样的智利人来说，真是浪费时间。

我又想起另一件有意思的事，文森特30年前出差去香港，给他留下了很差的印象。人们推推搡搡，叫叫嚷嚷，热闹非凡，那是他第一次接触中国，比这次见到的中国差太远了。最让他记忆犹新的

急性子坠入智利慢生活

在智利旅行，哪怕在高速公路边也常见这样开了几十年的小饭馆。用木头、石头建造的房子，被打理得很用心，看得出店主对自己小店的热爱，但菜单上的菜品却几十年不变。智利人不为自己的美食辩解，他们承认比起北方的秘鲁，他们的美食不值一提

是 30 年前吃的一餐饭。

究竟是啥呢？他记不得名字。他描述道："那是一个在你面前冒着热气的锅，和你团团围坐的一桌人隔着热气几乎看不清彼此，由十几个盘子环绕着，水咕嘟咕嘟沸腾着，人们把碟子里的食材一样样丢进去。四五双筷子一起下锅，仿佛一边涮洗沾满了你口水的筷子，一边寻找下一口煮熟的食物，找到之后，就用筷子捞上来。自己的碟子里有蘸料。"他也记不得什么味道了，只记得每吃一口都烫得要死，汤汤水水的，吃起来非常繁忙。比起这个，他宁可坐在公园的板凳上吃一个清心寡欲的三明治。

我觉得胡安和他爸对食材没有什么冒险精神，虽然我也觉得中国有些地方在这方面走得太过激了。胡安嗜烤鸭如命，但还是觉得"无所不吃"的方式太贪婪了。得有点禁吃的食物才行，节制是更美的。现在人们不太接受血祭来与神交流了，用蔬菜和牛奶取代肉和酒，意思是一样的，少一点残暴，多一点美好，现代文明了嘛！

胡安吐槽中国面包难吃，在来智利之前，我尚不知面包的品种可以有那么多种。等我到智利之后，我发现他们只在两种食物上极尽心思，一是面包，二是奶制品，好像把全部对于食物的智慧都倾注在这两样上了，对于别的，多一分智慧也掏不出来了。超市里，上百种刚刚出炉的面包大多是作为主食吃的。这些面包同国内受日本影响，作为甜品的面包大不相同，它们很多不加黄油，不加糖，吃起来是微微的咸味儿。新出炉的面包喷香扑鼻，包装袋都关不住它，我经常看到买了面包的人，随后就撕一块放嘴里。我一开始还挺嫌弃这种不讲究的吃法，但刚出炉的面包谁抵挡得住？慢慢地，我也开始一边排队结账，一边偷偷往嘴里塞面包了。

刚开始我对智利超市里上千种铺满好几排货架、好几个冰箱的芝士、酸奶、牛奶和见也没见过的其他奶制品感到吃惊，这里面不仅有来自智利本土的，还有来自世界各地的牛羊奶酪。我和澳大利亚朋友克莱尔常一起逛超市，我连连惊叹智利的奶酪品种可太多了！克莱尔说："哎呀，这比我们澳大利亚的奶酪可差远了！"来自不同国家的人，对智利食物恐怕也会得出很不一样的结论。

我婆婆 30 岁时才搬来智利，作为一个西班牙裔，在菲律宾、新加坡和美国文化中成长起来却对厨艺嗤之以鼻的人，她初来就爱上了这里的 empanada。Empanada 是种或烤或炸的大饺子，意大利人管它叫比萨饺，希腊朋友说他们那里常当早餐吃，可见这样形状和做法的食物全世界都差不多。智利的 empanada 比拳头还大一圈，馅料往往是鸡肉、猪肉和虾仁，大部分会再塞满芝士，出乎意料地搁一颗橄榄。头一回吃时，橄榄核快把我牙都硌掉了。在智利街边的饭馆、小店、摊位，哪儿都在卖 empanada。但这个食物对我来说没有任何吸引力，我的胃吃半个 empanada 就开始期待点儿什么汤汤水水的东西。

而如果说我深爱什么智利美食，大约是那种巨大的圆形三明治，这和文森特吃的简略版三明治完全不同，两片面包之间夹着货真价实的海量牛肉片、番茄片、豆角丝和一勺绵软细腻的牛油果。在餐厅点一个，基本能够让人吃两顿。智利人不擅烹饪，却胜在食材本身的味道鲜美。这些简单的食物若是用坏食材来做，怕是没人咽得下去。

我一直以为自己对异域食物接受度很高，来智利生活才知道口味的狭隘是不自知的。人很难养出对一切食物都同样包容的舌头和胃。

正说着，胡安用超市里最常见的吞拿鱼罐头做了个三明治，问我吃不吃。我已经吃腻了，闻着那个味儿就头疼。我打开冰箱，拿出在泡椒里浸了两个小时的鸡爪子，黄瓜条倍儿脆，鸡爪也非常入味，在他面前热烈地啃起来。

大胡子达尼洛

有一天,我和胡安决定去大胡子达尼洛家坐一坐。

达尼洛姓尤利西斯。尤利西斯是古罗马名,古希腊人称之为奥德修斯。尤利西斯聪明善战,同时也充满诡计。他参加过特洛伊战争,得罪过海王波塞冬,他杀了各路海妖、鬼魂,历经十年磨难,才得以和老婆团聚。

这倒是挺像达尼洛的经历。他的母亲去世早,父亲完全不管达尼洛和他的两个妹妹。达尼洛就得肩负起妹妹们的学费。这段时间达尼洛刚好失去了一份在监狱里教文学的工作,又和交往两年多的女朋友分手,正是人生颓唐的时候。

在圣地亚哥市中心,一座老教堂的对面,我们停了车,给达尼洛打电话。他在电话里说:"你们往上看,最上面那层楼左上角!"

圣地亚哥没那么多高楼,尤其是老城区,建筑尺度像欧洲的许多城市一样,不给人压迫感。我们一抬头,对面的那幢楼房五层楼角落的窗户里,有个人使劲儿地挥着手,从窗户左侧挥到窗户右侧。

急性子坠入智利慢生活

上 | 达尼洛的家，就在这栋楼的左上角

下 | 达尼洛家对面的教堂，不知是废弃了还是在修复过程中。经常有无政府主义者住在里面

122

即便站在街对面，也能看到那个巨大的笑容，感受到他那巨大的高兴。我跟胡安说："天啊，我从来没见过一张这么开心的脸！"

我们在楼下等了一阵儿，达尼洛没下来接我们。我们便自己进了小区，循着那扇窗的位置上楼，发现达尼洛没锁门。我们推门进去，在乱七八糟的客厅里拣了个坐得下的地方。灰色沙发床上被子没有叠，地毯上有不少食物渣儿，床侧的墙上贴着三张照片。照片上是三个西装革履的政客，从不知什么杂志上剪下来的，用七八枚创可贴粘在墙上，也没加框。三张照片中间，贴着一张1元钱的人民币。

达尼洛这才从卫生间钻出来。我一下子没认出他来，他瘦了很多，大胡子没了，长头发也没了。他穿着一身运动衣，刚洗完脸，眉毛上还挂着水珠，像刚才窗户里那张脸一样高兴。他说："刚才我想下去接你们，但是突然太激动，没忍住又吐了！"

达尼洛头天喝多了，胃本来就不舒服，见我们一激动，吐了。

他想给我们沏点茶，跑到厨房去找杯子。厨房池子里堆着没洗的碗。他从柜子里好不容易找出两只没用过的杯子，冲了冲，又发现马黛茶盒是空的。我说："要不别麻烦了，我随身带着保温杯。"他说但是胡安要喝呀，执意泡了一杯红茶给他。

我说："达尼洛你为什么瘦了这么多？我简直不认得了。"

他说："我原来很胖吗？"

我说："原来也不胖，但你这半年瘦了很多。"

他说："对，以我过去的标准，确实也不胖。但今年我的哲学变了，价值尺度也变了，我现在觉得那样就是胖。"

我说："是什么改变了你的标准？"

他说："我不吃肉了，没有比杀害动物更错误的事了。"

我好像有所体会，拉丁美洲人的逻辑往往不是逻辑，而是那种捋不明白的信念。在素食这件事上，他未必逻辑自洽，但他相信就去做了。到老了,这些人恐怕就成了马尔克斯小说里那些迷信的将军、乌苏拉。我便也没追问。

我回忆起第一次见达尼洛的时候,他着实吃了很多肉。

那是冬天的北京,我家附近常去的酒吧总是人满为患。我站门口排号时,远远看见个人,戴着一顶雷锋帽,衣服乱七八糟的,跟胡安一起大步走来。他们的肢体语言亲密无间,一看就是在说那种称兄道弟的话。

我一下找不到这个戴帽子的男人的逻辑。他全身不知穿了些什么,挂着些什么,又背着、握着、拎着、夹着些什么,东西一直往下掉。他一边走一边笑,努力搂紧那些乱七八糟的东西——三个购物袋、一个书包、一把雨伞,还有一些不知道是什么,整个外表令人不知从哪下眼看为好,超出了我的经验范畴。

我说:"你好啊,达尼洛!"他说:"你好啊!"我当时觉得,这个男的眼睛可真大啊,又大又圆,睫毛闪闪,清澈得像湖泊、明镜似的。他看你的时候好像一束光射在你脸上,他要是盯着一根火柴,火柴也会燃烧。

智利人聊天的距离比中国人近一些,时不时碰一下你的手臂。胡安和他的朋友达尼洛两年没见面了,拥抱了好几次,纷纷流下热泪,我左边递一张纸巾,右边递一张纸巾,被他们深厚的友谊感动了,也流下了热泪。这让人觉得智利人产生的效能没用在生产手机、立志效国和发财买房上,而大多用在了人与人之间的爱和取暖上。他们俩友谊的辐射强度,让身边的人都感到沸腾起来。

他摘下帽子之后露出卷卷的长发,扎着一个小辫儿,整个脑袋跟泰迪差不多。他里里外外都穿着黑不溜秋的衣服，那种毫不在乎的乱糟糟就是他的 style。那顶巨大的帽子老掉地上，我至少帮他捡起来三次，他说谢谢，然后随手塞到屁股后头。他当时给我一种非常茁壮的印象，整个人的体积比在圣地亚哥再见时大三分之一。我们当时点了一大盘烤肉，达尼洛吃了一半多。不够，又来了一盘。

胡安和达尼洛相识十多年。大学时，两人分别是智利两所最好的高校里有名的社会主义者。他们参加过各种各样的抗议、游行、罢课、罢工，做过一些有意义的事，也做过特别多蠢事。毕业之后，胡安和达尼洛合租了个房子，像现在街上正在热烈地游行的年轻人一样，他们什么也不管，工作一天赚一天钱，把全部精力投入这些运动中。

到二十五六岁，两人读够了社会主义理论的书，几乎同一时间醒悟过来，这不是他们要的活法，得改变了。

胡安和达尼洛一直记得那个至关重要的晚上，他们坐在一处广场边的台阶上，内心空虚至极，急需要点什么来填满。他们从背包里偷偷拿出瓶酒，喝一口，再放回包里藏好，因为智利法律规定大街上不允许饮酒。喝到半醉，两人纷纷表示：这几年咱们犯过的错，对生活的误会，都该停止了。

这天晚上，他们俩喝醉睡在了广场上。但这场宿醉颇有意义：达尼洛决定去澳大利亚，胡安决定去中国。

胡安在中国遇到了我，达尼洛在澳大利亚遇到了许多高大勇猛的动物。胡安说："咱俩命运差不多啊！"

来智利之前，北半球正是冬天，我冻感冒了，把感冒带到了春天的圣地亚哥。跟达尼洛聊天的时候我不停地咳嗽,不停地喝我杯子里的铁观音。叶片子太大,吹也吹不开。达尼洛去里屋拿出一盒药片,说这个是咳嗽特效药。这药类似"白加黑",白天吃橙色,晚上吃蓝色。

我吃了一颗橙色的,把药盒还给他。

他说:"这一盒你都拿着吧,我多的是。"

胡安可知道这药是从哪儿来的。那阵子,圣地亚哥到处是年轻人抗议、游行,到处是鼓声、音乐声、鸣笛声,对其中大部分人来说,这些行为并不带着什么政治抱负,只是借口来参加这场盛大的狂欢,一个不跟上步伐就表示你落伍了的潮流。他们在喧嚣里跳舞、接吻,也偷东西。有年轻人借机跑去便利店、超市和药店,一窝蜂抢走巧克力、药品、饮料、烟草,更受欢迎的是避孕套和卫生棉条。

达尼洛对这些失去理智的游行青年嗤之以鼻,批驳他们就像批驳过去的自己。但当人群涌向便利店,他跟胡安坦白:"我真是没忍住,就跟着进去'拿'了些东西出来。"胡安气得把达尼洛的消息屏蔽了好几天。

我说:"你拿了些啥?"

他从箱子里掏出三个袋子,分别是一袋子感冒药、一袋子避孕套和一袋子除汗走珠。

我说:"达尼洛,你接下来三年不用干别的了,就光感冒、做爱、出汗都使不完!"

我们下楼,准备去小馆子吃点、喝点。

我点了块蛋糕,问达尼洛吃不吃。他说不吃,蛋糕里有动物制品。

胡安点了个类似面包加肉丝一类的东西。

轮到达尼洛了。他问店员:"豆角是自然掉落的吗? 番茄是自然掉落的吗?"把店员问蒙了。达尼洛说:"如果是自然成熟掉落的果实,

大胡子达尼洛

是最好的。谁也不伤害。要是实在没有，那也吃普通摘下的蔬果。"

店员也不着急，站在那儿跟达尼洛聊了好半天。在智利没人着急，说一个事儿要说好半天，连骂人的话都长得你没耐心听完。比如有句话：Go back to your mother's shell，翻译过来是滚回你妈的贝壳。这么长一句话，没有爆破力，没有攻击力，好像是四川人骂人时说：卖你妈的麻花。听上去也萌萌的，有种稀里糊涂的乐观可爱。奏不奏效不重要嘛！

吃完饭，我们去公园转了转，小孩子在没什么防护的滑梯爬上爬下，我说这很危险吧，他们说这有什么可危险的。中国小孩习惯了过度保护，我的观念已经很难改变过来。

卖二手书的老头儿已经在这个公园摆摊摆了十年，胡安已经两年没见他了，走过去拍拍他的肩膀，老头扭过头来，依然认识胡安，两人高兴地拥抱、祝福。他不会说英语，硬要送我个西班牙语名字，说：

拉莫内达宫门前，一个小姑娘穿着万圣节的衣服坐在草坪上玩手机。如今市中心聚集着来自拉丁美洲各国的合法和非法移民，却很少见到智利人了

急性子坠入智利慢生活

和达尼洛经过年轻人"扫荡"过的地标——一个地铁站,已经被涂鸦盖了一层又一层。这样的景观是市中心的,达尼洛身上有许多市中心的气质,色彩丰富而杂乱无章,充满激情

"你就叫伊丽莎白吧!"

太阳快下山了,达尼洛突然提议:"咱们去奥古斯丁家吧。"

胡安说:"好啊。"

达尼洛给奥古斯丁发了个信息:"在家吗?"

奥古斯丁说:"在。"

我们就开始往奥古斯丁家走。

我说:"你们不用提前约一下吗?我们在北京,约个人至少得提前三天,万一人家有安排了呢?直接去会不会不太好啊?"

胡安说:"没事儿。"后来我才知道,他们不仅见面临时约,时间还经常约不精准。比如准备晚上和谁见面,只消说:晚饭后(地点)见啊。于是,几个人有的7点多到,有的8点多到,有的10点多到。没人生气,也没人觉得被耽误了时间。他们有常去的酒吧,没什么特别的事,晚上都在那儿,大部分时候甚至都不用约。

大胡子达尼洛

从见到奥古斯丁开始，达尼洛就颓了，前一天的酒还在胃里燃烧。他窝在沙发里不说话，看着窗外举旗子的青年人，无政府主义者穿着褴褛的衣服，女权主义者脱光了上衣，标牌上是"我不只有身体"。达尼洛静静地望着窗外，突然就地震了。

房子突然开始摇晃，茶杯在桌上抖动，我还从未经历过，几乎要惊叫起来。他们俩一边喝茶一边继续聊天，非常镇定。

胡安给我摁下来，说："你得相信智利的房屋建筑技术，我们的房子能抗8级地震。"

我说："这有几级啊？"

达尼洛说："肯定不超过6级。"他说话时非常虚弱，让人心生怜悯，他其实挺需要个人照顾他。

一个周末，我刚醒，达尼洛一个电话打过来。胡安以为是什么急事，从床上跳起来接了电话。原来，达尼洛想推荐胡安一款电脑游戏。达尼洛花了好半天给胡安解释，并期待胡安陪他玩一玩。

胡安不是很想玩，但也没拒绝，立刻下载了游戏，花了几个小时跟达尼洛玩游戏。胡安感慨："达尼洛瘾可真大！"从那天起，胡安每天早晨都会收到达尼洛的一条微信："亲爱的胡安，早上好，希望你新的一天和你老婆一起享受这个游戏。"

胡安没教我，我也没兴趣。达尼洛锲而不舍，给我也发过一次微信，奉上一份游戏攻略的PDF。

他的天真让我觉得非常可爱，但并没真的开始玩。直到发生了这样一件事，让我意识到，达尼洛对这个游戏的态度过分真挚了。

胡安收到另一个朋友迭戈的微信，说达尼洛给他发了一封邮件。

迭戈跟达尼洛不认识，但两人都是胡安在 Facebook 上的好友。大约达尼洛是通过 Facebook 找到他的联系方式的。

这封邮件写道：

> 亲爱的迭戈：
>
> 我给你写这封信是因为我想邀请你一起玩个电脑游戏。我很喜欢这个游戏，但我没那么多朋友。我想，这绝对是一个能吸引你注意力的游戏，名字叫 *Hive*——也许你早就听过它了。我们的另一个共同的朋友告诉我，你这一年过得不太好，也许这个游戏能让你转移一部分悲伤，而且它真的特别好玩。
>
> 你可以把这个邀请当作一个踢足球的邀请，不过是一个智力上的足球比赛。我找到了一个免费的在线地址，我把地址附在了邮件里，你需要注册一个账号，便可开始游戏了。你可以在游戏里加我好友，我们就可以一起玩几局。
>
> 我把这个游戏的攻略书附在了邮件最末处（我正在读这本书），万一你也像我一样对这个游戏着迷，或者想对这个游戏有更深入的了解，你就可以读读它。基本介绍就在书的第一章。当然 YouTube 上也能找到非常多的介绍和攻略。我希望这个游戏也让你兴奋起来！
>
> 真挚的祝福！
>
> 加油！（用中文写的）
>
> 达尼洛

智利式宽容

贡萨洛是胡安多年的朋友。他 40 来岁，依然单身，小小的身材，一头鬈发被他以独有的方式打理成一个靠发丝弹力相互支撑彼此的状态。因为眼镜片太厚，他一双智慧的眼睛藏得比较深。贡萨洛极为聪慧，在智利最好的大学之一当数学老师，是学校里为数不多的不到 40 岁就评上了教授的人。他会说至少 5 种语言，西班牙语和英语是母语水平，一些足够日常使用的法语和意大利语，因为他在以色列读了几年博士，也学了点希伯来语。他爱好各种语言、运动和犄角旮旯儿的美妙知识，杰出的记忆力让他能随口说出一些让人意外的奇怪细节，比如 7 年前具体某一天和朋友去的一家酒吧在傍晚停了一刻钟的电，或者某支不知名球队曾在 1985 年春客场赢了另一支。

这天贡萨洛请我们吃饭，竟是吃中国鸳鸯火锅。他前几天向我们的另一个朋友达尼洛咨询了中国火锅的形式，又通过简单的互联网知识下单了这只被分割成两半的铝锅。饭局则安排在达尼洛家。达尼洛吃素，却发现买不到素食的红油底料，只好在底料这件事上妥协了。

这天见面之前，贡萨洛去看了场球赛，把球场上的兴奋状态一起带来了。听说这是他最喜欢的一支卡拉马足球队。卡拉马是智利北方安托法加斯塔地区的一个小城市，坐落在世界上最干的沙漠——阿塔卡马沙漠。这地方过去属于玻利维亚，1904年被割让给了智利，在发现铜矿之前，历史基本一片空白。那里几乎不长什么植物，生存条件非常恶劣，物价很高。即便在今天，整座城市依然围着铜矿运转，卡拉马有很多在矿山里工作的外地人。那里的本地居民大多是开小商店、饭馆的生意人，给矿工们提供些配套服务。我曾在网上搜卡拉马是个怎样的城市，有个人回答说："卡拉马没有生活，只有挖不尽的矿山、流浪狗、性服务业和步行10分钟都会遭到抢劫的恶劣治安。"

这样的城市怎么会养出一支优秀的足球队呢？我问贡萨洛，他说："不，他们球技非常一般。"我就更不理解了，心想，大概卡拉马是他的故乡吧！而贡萨洛说，他的故乡是距离卡拉马100多千米的另一个城市。这就荒诞了。"你爱它什么呢？"我问。贡萨洛说："我也不清楚，但是不知所以地迷恋这支球队已经20年了。"智利数学家的逻辑，让人耳目一新。

我帮他们炒了红油，另一侧又煮沸了菌菇汤料。因为达尼洛的关系，什么肉也没有，只有七八种蔬菜、三种蘑菇，以及从华人超市买回的陈克明挂面。朋友们都到齐了，围坐在铺了红白格桌布的圆桌边，水沸腾了却没人开始动手，大家在一听接一听地喝着啤酒。大家都望着我，显然是希望从我这里得到一些指导。我开始往锅里下蘑菇、粉条、红薯片，他们欣赏着一场中国人忙碌的表演。粉条都软了，大家还是不吃，盯着我面前的大汤勺。还是达尼洛忍不住了，问我："能用那个汤勺舀汤喝吗？"他说完，七八个朋友纷纷表示赞同，原来他们以为这两种汤是用来喝的。这么大盆汤，闻着这么香，不喝不是浪费了？

我说："除了极个别类型的火锅汤可以喝。这种火锅底料煮出的汤，我们只涮菜，不喝的。"这些固执的智利人表示，第一次吃火锅，他们一定要尝一尝这口汤不可。于是，一人盛了半碗红油汤，一边喝，一边鼻涕、眼泪一起流。在我身旁喝汤的吉米，流着眼泪告诉我："虽然辣椒来自我们美洲，但我从来没吃过这么辣的东西！"看着他们一口红油汤，一口冰镇啤酒的倒霉样，我和胡安笑得弯了腰。

和贡萨洛形影不离的好朋友嘎多今天没来。嘎多在西班牙语里是"猫"的意思，到现在我也不知他真名叫什么。他近50岁，还和父亲住在一起。这两个中年单身汉经常和我们一起玩儿桌游。第一次和嘎多见面时，他说他父亲的画被新上任的总统收藏了，但他的话只能信一半。嘎多喜欢吹牛皮、开玩笑，年至50了也没有一份正经工作。谁也不知道他在打些什么零工，但有一件事确实坚持做了30年——他是帮大学生写论文的枪手。

贡萨洛和嘎多就像世界的两面，一个文雅、智慧、洁净、走遍世界，一个把日子过得乱七八糟还只会吹牛皮。当嘎多和贡萨洛坐在酒吧里，贡萨洛说话文雅绅士，和女生聊天都羞涩得不好意思直视对方，嘎多却因为自己的开朗搞笑天赋总能交到朋友。没人知道他们是如何成为10多年好友的。像贡萨洛这样正直的人，对每位学生的课业都十分用心，尤其是对数学有些天赋的年轻人；而他最好的朋友却是帮学生作弊写论文的高手。贡萨洛对枪手这个职业恨之入骨，当我问到他对嘎多职业的看法时，他却说："但是对朋友的忠诚也是重

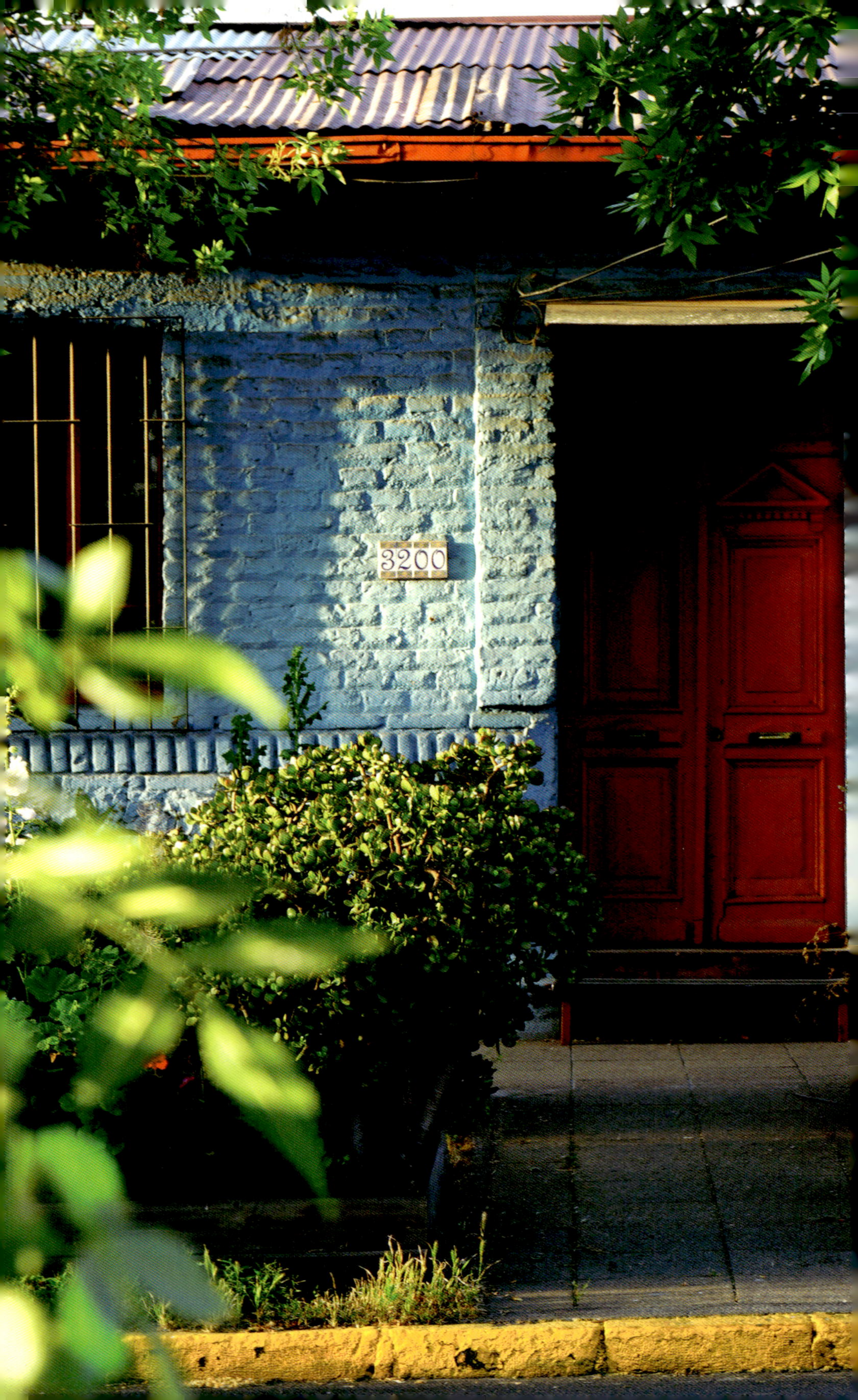
3200

圣地亚哥的寻常人家

要的。"我不知道这两件事在他脑海里是如何自洽的。某种程度上，智利人的宽容似乎有点不讲道理。

在我旁边喝着红油汤的吉米身上，也发生过一件让我对"智利式宽容"大开眼界的事。三四年前我来智利玩，吉米兴高采烈地跟我说，他刚刚从一所中学辞了职，准备去澳大利亚旅居一年，一边旅行，一边打工。这是吉米第一次出国，对他来说是人生中的一件大事。两个月后，吉米启程，我们纷纷发去信息送上祝福。没想到12个小时后，吉米给朋友们发来信息，说他被澳大利亚吓得不敢出酒店。

可那时他已经辞掉了工作，满怀希望地准备在澳大利亚大展宏图，没想到却闷在酒店不敢出门。大家发信息安慰他：鼓起勇气走出去，一周后你就适应了。吉米却说澳大利亚人太冷漠了，这里的一切都太不一样了，没有亲戚、朋友的帮助，他感到孤立无援到无法呼吸。是澳大利亚真的很可怕吗？当然不是。智利朋友去澳大利亚的非常多，并不是每个人都会有这样的描述。按说任何人去一个

智利人的宽容首先体现在对陌生人的包容和友好上，这让我在西班牙语一塌糊涂的阶段，得到了许多陌生人的关心和帮助

新的国家都会或多或少有点这样的文化冲击，只是吉米的感受是一种比较严重的文化休克。三天之后，吉米买了机票，原封不动地把自己退回了智利。

得知这消息时，我们正在北京，我非常担心吉米回智利后将会面临什么——他可是大张旗鼓地准备了半年时间，所有亲朋好友都知道他去了澳大利亚，送别宴都不知吃了几回，他居然就这样灰溜溜地"逃"回去了。不说别的，这得面临多大的"舆论"压力啊！

万万没想到的是，吉米完全没有遭到家人的责备，身边人甚至建议他去看看心理医生，他们认为一些人遭受文化冲击所引发的焦虑需要医治才行。刚刚办了送别宴的朋友又办了个party迎接他回来。当吉米回到智利的一刻，似乎身边的人就开始把注意力转移到如何让他感到温暖、舒适上，往事不再重提。

这样的宽容是我所陌生的。按中国人的想法，这样退缩不是懦弱的行为吗？不是应该更要努力面对、迎难而上吗？犯了这样一个"可笑"的错误，要多长时间抬不起头来？

智利人似乎不这么想。这样的宽容建立在某种对弱者、人之无能为力、脆弱的共情和理解上。人们不逞强，因为再强的人也有弱的时刻，弱是应该被接受和坦然面对的。回想我自己，曾因为办事不利坐在圣地亚哥马路边的板凳上抹眼泪，卡车司机从车窗探出脑袋跟我讲话，比画着不要哭的手势。路上行人问我是否需要帮助，一位陌生的老太太走路都颤巍巍的，走上前来给了我一个拥抱，她说："不要哭，一切都会好的。"拥抱完我，她就走了。我一下子气儿也消了，一股怒气变成了一股暖流，立刻被抚慰了，慢慢冷静下来。

急性子坠入智利慢生活

智利人对小动物非常友好。每个街角都有一家宠物用品店，还有许多宠物学校、宠物专用公园等。我经常路过这栋楼，四层楼上有一只小狗常在眺望。它望着马路，我望着它，这样过去了几个月，我想它应该也记住我了

这样的宽容，也体现在智利的文化、法律等方方面面。智利租客不按时交租，房主也不得驱赶他们——法律保护无产者多过有产者。去商店抢劫的歹徒若是被店主打伤，店主还得小心点，他们常要遭受严厉的惩罚，有许多人相信这些强盗才是弱者，他们抢劫是因为生活没有选择，是穷人区的教育、环境熏陶让他们不得不成为强盗。智利人把必须做的事都推到最后一刻，前面的所有时间用来享乐，日常里约好的事情无法按时履约你也没法催促——你催促，反而成了你粗鲁。智利人对于犯错的宽容，有时也太过度了。贡萨洛说，守时守信在智利绝对是个亮点，因为它相对罕见。我讲了讲我对智利的这些观察，说我自己一边享受智利式宽容的同时，一边也不得不忍受着它。吃着火锅的朋友们哈哈大笑，满不在乎，说这就是智利文化的一部分啊！每当我夸智利，智利人感到挺骄傲；但当我骂智利，智利人也跟着我一起骂。

　　红白格桌布因为他们筷子用得不得法，被溅满了油。陈克明面条坨得筷子都夹不起来了，吉米问我这究竟要怎么吃，坐我对面的设计师小夫妻调侃说："又 cultural shock 了是吗？"吉米完全没有丢了面子而恼羞成怒的样子。接得住玩笑，也是智利人的一堂必修课啊！

享受当下，你内疚吗

买了一盒粽子，蒸上，一人一个盘，扒拉来，扒拉去。

粽子真难吃。我们打开了四个不同馅儿的，扒拉烂了，没吃几口。胡安说："要不别吃了吧，这是不尊重食物。"

我说："不吃个粽子，龙会咬你的耳朵。"说完我也挺惊讶，我怎么又编这种东西唬人。这几年我还编过中秋不吃月饼月亮就会消失，冬至不吃饺子耳朵就会被冻掉之类的瞎话。我想过节的时候，就编一个不存在的中国节日。

胡安继续吃粽子，吃得悄无声息。糯米黏在我嗓子上，我也悄无声息。我问他："好吃吗？"他说："我能吃下去。"听着相当残酷。他说："我也想试试能不能适应一种新口味。"胡安不爱吃肉粽，而我不爱吃一切粽子。端午吃粽子，是个规矩。但是人干吗和自己的口味作对？我俩决定，从明年开始，我们过端午节吃冰粉，不吃粽子了。

我起身去剪柿染布料，那块柿染布是从好久前就开始刷染了，反复不知多少次，就晾晒在太阳下，给忘了。这么一放半年过去了，拿出来一看，成了巧克力色，甚至有些油亮，仿佛一块马臀皮，结实又有韧性，一剪刀下去，像剪一块硬纸壳。我体会着它的质感，同时也体会剪布料的声音，心情愉悦。

胡安在另一个房间，勺子七响八响，听上去是很急促地在吃，一勺接着一勺，有咕噜咕噜吃果冻的声音。吃冰粉或者凉糕的时候，他就这样。他吃几口就会擦擦嘴，哪怕就是吃个烧饼，也吃得挺有仪态。

吃普通的好吃的，胡安会说："我真喜欢！"他用大把形容词来描述这个颜色、口感、气味。吃特别好吃的，他会发出一种深深的感叹，没有词语，只有声音，再配合上那享受的表情，好像灵魂都雀跃了。一个人是不是真的爱吃，要看声音是不是从鼻子里发出来，语言没有用。

冰粉是胡安最近才发现的人间美味，我在做冰粉、凉糕的时候，他往往站在一旁看着。

我把红糖熬得黏稠，淋在同样冰镇了几小时的凉糕里，浸到这些切割成葡萄大小的方块儿之间，浓浓的流速很慢，像要逼进凉糕的质地里去。凉糕有股碱味儿，胡安还是更爱冰粉。红糖让一整块冰粉都挂上了好看的红棕色，变成了一块棕色水晶。再舀一勺醪糟，撒几片椰子碎、几颗花生碎。胡安靠在厨房边儿上，看着碗里的颜色逐渐丰富起来。

如果他是一只狗，肯定在摇尾巴。

人只有停下来，慢一点，才能去体会食物、分辨味道。不焦急的时候，感官也更为灵敏。剪布料的瞬间，那个声音才能被认认真真地听到——否则只能关注到一块布料剪成两半的结果，声音极易被忽略。有好多年我是听不到这种声音的，在剪布料的时候，我脑子在想着下一步。从来没想过，当下这一步，是不是需要更多地投入。

文森特去北京看我们，从他下飞机，我脑子里已经有了一整套严丝合缝的计划，到酒店，去那附近哪里吃饭，再去哪家咖啡馆待会儿，旅途劳顿需要给他备点什么。这些东西，胡安的脑子是装不下的。很长时间里，我都为我爱做计划、行事高效的习惯沾沾自喜。我总是能很快找到做事、写稿的窍门，赶紧做完，又能去做下一件事了。但文森特到北京的这一天，几句话让我醍醐灌顶。

我们在酒店放下东西，文森特说："你们饿吗？不饿，咱们就去喝点东西。"于是，我们找了个咖啡馆坐下，我便开始用手机查附近好吃的，给他们看。文森特说："咱们仨都不饿，为什么要着急选下一站？你现在在这儿不舒服吗？放松放松，享受享受！"我说："我想查完确定上哪儿吃饭再享受！"他说："你现在查完，或许一会儿咱们就变主意了，随便溜达溜达，兴许突然能看见让人惊喜的好饭馆呢！"

一个多小时过去，终于有点饿了。我们在大街上溜达，文森特看见个胡同就要往里钻。胡同里绕了会儿，我们仨都晕头转向了。他拣了一家胡同里的创意菜馆子，说有个院儿，看着很不错嘛，径直走了进去。

吃饭过程中，文森特提起要在中国买一些什么电子零件。我立刻打开阿里巴巴开始搜，一边满足我的好奇心，一边觉得这样能更快地解决问题。文森特吃惊地看着我："我不需要你放弃你自己享受快乐的时间来帮我做这些事，我不要这种牺牲。享受享受当下好吗，姑娘？"

享受当下，你内疚吗

"享受"这个词儿，带有些负面的意思。我所知道的中国人，极少能不带负罪感地去享受一个时刻，享受一件事。要"适可而止"，要"悠着点儿"。什么是"适可而止"，什么是"悠着点儿"呢？几乎还没到真正纵情的时刻就被要求自我提醒了。享受的值稍高一点，就被视作过度放飞自我了。在中国文化里，享受没有正当性，要享受，也总有那么些压抑着自我、偷摸的、不敢正面表达的意味。一个人如果太快乐，也是要被责罚的。

我又在想，当下究竟是什么呀？此刻究竟包含了什么呀？这对父子在聊天，文森特从秋天的南半球赶来，短袖外套了件薄棉服。初春的树枝开始发芽了，院子里坐着三桌人，只有我们这一桌沐浴

在黑岛遇见一匹安静吃草的马

着下午4点的阳光。此刻我在吃鱼,鱼好不好吃呢？鱼有点凉了。文森特在讲他20世纪80年代第一次去香港的故事,让我们捧腹大笑。太阳慢慢下山了,感觉有点冷。不知道是因为天色变暗还是别的什么,雾霾开始严重起来。瓦片上的阳光一点一点褪去,我们嘴里开始吐出白气,晚上还是凉呀！此刻大概就是这样。

直到今天,这顿晚饭的时刻包含的所有细节,都像在印泥里狠狠摁下上过色一样,在我的脑海里非常清晰。

我大概是从那天起,开始关注我的手正在做的事,我的眼睛正在看的景色,我的情绪正在体会到的欣喜、快乐、愤怒、哀伤,我要是不干扰这个时刻、这个动作、这个情绪,它们自己会往哪个方向去延展？我慢慢发现,这是极有趣的事。

我和胡安说起这种感受,他说,他也感觉到很多人是活在未来的。活在下一秒,为了明天,要牺牲今天。但是明天是每一个今天的累积,事件的、情绪的,没能力在今天享受生活,明天这个能力怎么会从天而降呢？

庆祝什么也不干的一天

我公公文森特给我们打电话,说他一个人在家,今天哥伦比亚过节,他的同居女友又去参加 party 了。

文森特这两年有一半时间在哥伦比亚。这个治安、经济都不太好,但世界小姐级别长相的美女一抓一大把的国家,吸引着大量欧美人退休后在那儿长居。

他跟我们说:"这边天天都在开 party,随便找个理由就开始庆祝。这边的人字典里没有'工作'这个词。"开 party 才是正经事,震耳欲聋的音乐,色彩斑斓的性生活,所有人像煮开了似的那么高兴,像一坛子染缸里的布料全部活了,前胸贴着后背地跳舞。

女朋友去 party 了,文森特一个人在家有点无聊,在电脑上写程序。我问他:"今天又是庆祝什么节日呀?"文森特说:"今天是庆祝'什么都不做日'。"

我以为他在开玩笑。胡安在旁边也有点惊讶,问他爸:"这是什么节日?"

文森特说："就是庆祝今天什么也不做。"什么也不做也是值得庆祝的，他们就放下了一切事儿，去开 party 了。万事不如开心。

他问我在做什么。我在做什么呢？自从从事自由职业以来，我的懒惰有增无减。有一个月写了四五万字，打破了纪录，但完全是被编辑定的截稿日逼的。不管怎样，这样漂亮的纪录在我们家还是被传为佳话，佳话主要是胡安在传，这个人不论你做什么他都很满意。

大部分时候，我都在睡觉、看书、看电影、玩手机，在窗台上晒太阳直到天气太热实在晒不住了，才坐回地板上。傍晚太阳也快落了，我再坐回窗台上看它究竟要怎么降下楼群，降下周围的矮山和分辨度很低的天际线。

天空总是很好看，月亮挂在天上也好看，云就更别提了，云彩上才是天上人间。云勾勒出事物的形状，能辨别的那一些是陆地上的一切映在天上，不能辨识的是梦。在云上，一张脸和另一张脸之间，被过分晕染的表情堆叠在一起，有恐惧和欢喜、大笑和凝思，这一切都在随着风和天上流下来的光线慢慢变形，很久之后，一群脑袋消融了，化作别的东西，一座庞大的楼宇，一棵树，一只猴子变作的狗。云彩上也住着去世的人。在飞机上经过云层时我会想，如果死后能住这儿，死就死了吧。

看云只是长久以来的一个爱好。几年前，我有本子记录着云好看的日子。前几年，有本书《云彩收集者手册》，教你怎么识云辨云，我迫不及待买了一本，读完，并没有增长什么云彩的知识，反正也记不住。总之，在赋闲的时候，你会发现大自然的好处，大自然美得不知道自己美，完全不矫情，美得没人敢妒忌。多触摸一点自然，会让人重新相信那些身体力行的笨拙而低效的事的意义。有几个周末，我和老朋友相约去爬山，骑自行车，去一些郊区的寺庙，傍晚一身是汗才回家。

然后彻底地清洗地板、厨房，把一切归类。把胡安教育成完美家政男，这些事都让人非常有成就感。地板和家具吸尘之后，如果用稀释的酵素擦一遍，就会焕发出淡淡的水果香，每天这样做一次，每周再给它们打一次蜡，慢慢地，桌椅板凳也会增添几分气质。因为一点灰尘也没有，洁净的地板也变软了，这时候脚踩在地板上，觉得它温柔得不寻常。

一天我正在擦地，电脑上播着《罗曼蒂克消亡史》，就快到最精彩的那段，我被浅野忠信迷住的时候，抹布还在滴水。他赤脚走在地板上，好像踩在我正在擦的地板上，他每走一步，脚趾就从地面轻微弹起，地板洁净，脚心也洁净，脚心和地面有合乎情理的黏合，我几乎能体会那种恰到好处的湿度，太性感了。

胡安工作不忙时，和我一起拼了两个一千块儿的拼图，玩了几样乐高，买了两三百斤青柿子，拿回来榨汁做柿漆。两人撅着屁股扎在阳台上，浸泡布料、再拧干、晾晒，让它更多地获得阳光。若是不及时清理，地板上的每一滴柿漆都会留下印记，所以每晚临睡前，胡安负责拿刷子蘸着苏打、柠檬和消毒液使劲刷掉它。

布每染完一遍就拿到阳台上晒干，再拿回去继续染，直到颜色差不多看得上了，再固色，在阳台上持续地晒下去。草木染越洗越浅，柿染的神奇之处就在于它的颜色是慢慢变深的，太阳多晒一分，它就多一分回报。白布慢慢也沾了太阳的光，硬硬的，用剪刀剪，能发出脆脆的声音。这些琐事，让人的感官也敏锐起来。

我跟胡安说，我小时候给娃娃做衣服，把大人的衣服剪了，草帽也剪了，偷偷地也剪过别的东西，实现过一些创意。因为喜欢面料，遇见质感好的布料，总想摸一摸。我和陌生人搭讪，有时实在忍不住，想上去摸摸人家外套的料子。胡安觉得在一个充满功利的环境，这样什么也不图、什么也不为的兴趣爱好值得鼓励。

他说："为什么现在不继续做呢？"

我说："好像从中学起，就没人再觉得这些事儿是'正事'。利用这些时间学习不好吗？看书不好吗？工作之后就更别提了，人人都觉得，拿这些时间赚钱不好吗？人们喜欢这样换算，我一个小时值多少钱。"

胡安说："对待生活只有那一套标准，岂不是太枯燥了？"于是他给我买了一台缝纫机。

我开始跟着视频、书和网上的文章熟悉使用它。从早到晚，如果没人打断我，我能坐一天。这样的沉溺让我感觉有点儿"危险"，回过神来就觉得心里发慌。胡安却觉得，这样的沉溺是最美好的事儿了。

他说："你记得小时候听故事，看电影，特别容易把自己代入进去吗？你觉得你也是那样的英雄，那些神奇的故事全都变成了你的故事，一场电影之后，你可能有三天都活在那里面。一场游戏里，你投入得拔不出来，不愿回家，想永远玩儿下去。不是吗？那个沉溺也是很美好的事儿。"

我脑袋里晃过小时候看电视剧《新白娘子传奇》的场景，我的同代人一定有共鸣：我们用手指点点太阳穴觉得就要发功了。盛夏，我们在草地里晒着后背、脖子，捉一堆蚂蚱，再一只只放掉。去邻居的院子偷指甲花，塞进裤兜里，等跑回来时才发现，花瓣已经在裤兜里磨碎了，裤子也染成了斑驳的玫红色。

但我嘴上却说："可是中国人生活压力多大，不务实地生活，生存资料都没有。"即便我心里无比赞同他，但往往嘴上还是要把他往

庆祝什么也不干的一天

智利小镇人的悠闲程度经常让我感慨。一次我们去安第斯山下的一个小镇,抵达时已经是中午时分,想找卫生间而不能。为什么呢? 全镇的人周末都在午休,连长途大巴车站都关门了。路上闲逛,所有人家的院墙都大门紧闭,我们只好驱车往远处安第斯雪山方向去,找个合适的地方撒野尿

这种极端务实的文化上拽一拽。

胡安在中国生活几年,觉得是今天的中国人想要的东西太多了,多过了自己所需。他读过一些陶渊明的作品,知道古代文人有一种与物质生活关系不大的审美趣味。他常问我:"那套风气哪儿去了?"

他给我发了一个图表,是对于不同国家的人的观念调查,71%的中国人衡量他们人生成就的尺度是他所拥有的物质的多少,这个比例世界排名第一。排第二的是印度,58%。然后是土耳其、巴西和韩国,分别是57%、48%、45%。排最后的是英国、西班牙和瑞典,分别是16%、15%、7%。

我说:"人们会认为,大家都是这样啊,你不这样怎么能行?"

"为什么要大家一样呢?"他问。

"大多数中国人认为,不这样,就会落后于社会时钟,追不上同代人的步伐。"我说。

为什么要相互追赶呢?赶着工作,赶着结婚,赶着买房子,赶着生孩子……赶着去死。

大家都是挨一挨,忍一忍,使着劲赚钱。我们的教育里说:吃得苦中苦,方为人上人。人上人是说,能在别人之上,在攀比中给别人带来一些碾压感,就算是扬眉吐气、赚足面子了。其中真正能够享受生活的人有多少呢?大多人是出于无奈吧!待赚够了钱,再用唯一的消费主义的办法享受一下人生,就算不枉此生了。

在此之前,我从没想过人可以松弛到去庆祝什么也不干的一天。它与许多中国人今天竭尽全力、榨干时间去赚钱的思维截然相反,因而更像是一个快乐而荒诞的讽刺了。我一开始是揣着巨大的压力做手工的,被那种"碌碌无为"的低效劳动占满了时间,心里快乐又事后焦虑,我在做正确的事吗?什么是正确的事呢?内心慢慢给了我答案。

智利人的金钱观

西蒙和他的女朋友在一所公立中学当老师，都是 33 岁。他们俩有更多原住民的血统，头发卷卷的，个子瘦瘦高高的，站在一起跟对儿龙凤胎似的。

前几天他突然和我说想要买房子。这是在智利半年来，第一个跟我说买房子的身边人。我猛然意识到，智利二三十岁的年轻人几乎很少会想赶紧买个房子安定下来。对他们来说，要有好玩儿的事，要热情有处发挥，有条件的要去不同国家体验体验生活，才是这个年龄更要紧的事。

与此同时，他们确实没有什么攒钱的习惯。大街上，很少看见有人买奢侈品，智利人不太讲究吃，也不太讲究穿，但是他们依然攒不下来钱。许多按计划储蓄的年轻人，到哪过个三四周的年假，钱就全花完了。旅行回来，一贫如洗，然后继续工作。

西蒙是个例外，他喜欢安定的生活，日常、简朴、有规律，和女朋友把租来的房子打理得干干净净，家里常常有饭香——他们不是那种随手卷个三明治就能凑合一天的智利年轻人。

圣地亚哥不同区域房价有高有低，选择比较多，可以买公寓楼，可以买带个小院儿的独栋，也可以去更远的郊区买块便宜的地找建筑公司盖个房子。从大学毕业的年轻人收入来看，房价并不是那么遥不可及。西蒙看上的房子在圣地亚哥一个中产阶级的区域，房价不算高，相比富人区，这里真是物美价廉。当然，治安要相对差一点。西蒙跟我说，在这里买一套三居室带大阳台的公寓楼，大约只要人民币140万元。

上 | 圣地亚哥武器广场旁的街道

下 | 同在市中心的住宅楼，西蒙要买的房子就在这片地区

我说："那你的压力就小很多了。"西蒙说："我得攒首付呀！"我想，按照这个地区的房价，首付就算百分之二三十，对于每人月薪折合成人民币1万元出头的中学老师夫妻来说，应该是轻轻松松吧！

西蒙惊讶地说："30%？你杀了我吧！我们这儿年轻人买房首付都只付10%！"我比他更吃惊："还能10%？"西蒙说："这已经很高了。即便是10%，我们两个也要再攒几年钱呢！"我直言不讳："可是你们的钱都花到哪儿去了呢？"他说："吃喝拉撒，尤其是出去玩儿。一年年假一个月，旅行也是一笔开销。"前段时间他又买了一套值几万元人民币的露营装备。

他告诉我，疫情期间智利政府允许人们从养老金账户里支取10%的养老金，很多智利人才不管老了以后怎么办，取了这10%也并非急用，更不可能用来投资理财，只是花掉了。买新汽车、装修房子或者花园，商场在那段时间总是爆满。西蒙说，他的同龄人银行账户上能超过300万比索（2万多元人民币）的都很少。他听说中国人很会赚钱，也很会攒钱，想跟我学习经验。我这个中国的穷光蛋、被我国内的朋友嫌弃财商不在线的主儿，不拖中国人的后腿就不错了，还跑到智利来跟人分享理财经验？这可太荒诞了。

西蒙非要问我："你的中国朋友们都怎么理财呢？"我说首先他们都有存钱的习惯，还有许多人会记账。然后，他们会慢慢学习投资股票和基金。当我说到一些中国朋友在股市收盘前甚至会设闹钟提醒自己看一眼股市时，西蒙震惊了。他感叹说："设置闹钟看股市？怕不是疯了？"胡安的弟弟菲利普也曾表达过同样的震惊。我说："这有什么呢，我们一天设五六个闹钟提醒不同的事是很正常的呀！"西蒙撇撇嘴，说他觉得这样的日子太紧张了，他可能会被焦虑席卷。他们那脆弱的小心脏呀！和智利同龄人的第一次理财话题就此结束。

而在此之前，我和胡安有过类似的对话。当时我买了份商业养老保险，我在家算了半天，按照那个利率，每年定期存一些钱，利滚利30年后会是多少。我做了一个符合我们实际情况的计划，得到了一个还算可观的数字，挺高兴。

于是，我跑过去跟胡安讲了下这个计划，又给他看了那个漂亮的数字。他说："哇，这么多钱，说不定咱们可以去坐太空飞船旅游啦！"我在一本正经地计划未来，他在畅想去环游宇宙。

我想和他说，这笔钱即便30年后也不必取出来，每年只提取部分利息，也足够贴补生活了。但是胡安已经飞走了，跟我说那时候宇宙飞船估计也很便宜了，从圣地亚哥飞北京可能只要1个小时。现在想移民去外国的人，到时候只想排队移民去火星。

我们的理财话题因为火星而结束。我继续去做计算和记录，他开始查埃隆·马斯克（Elon Musk）的事做到什么程度了。这个浪漫的大傻子，让务实的中国人一脚踹在棉花上。这类事情经常发生，我已经不怎么生气了。去理解胡安模棱两可的金钱观，不是件容易的事，以至于我怀疑，他可能至今还没严肃地琢磨过钱对他来说意味着什么。

有次我们请工人来修卫生间管道，好朋友帮我砍价砍得热火朝天，胡安却在背后跟我小声说："这个价格还可以呀，别砍价了啊！"我和朋友瞪了他一眼。他遇见路上的乞丐，给钱也毫不吝啬。但他对自己，并不那样慷慨。两年前他生日，我买了一个包作为礼物。他天天背，后来磨出了两个洞。他还想继续用，问我有没有店可以修补这两个大洞。我去问了几家店，店家都劝我重新买一个。

胡安一年四季的衣物一个大行李箱就能放下。他感叹："我都有这么多衣服啦!"他从小一个季节就那两三件衣服,洗了有换的就行。不仅是他,他的两个弟弟也一样,捡堂兄表兄的衣服穿。衣服上有个洞,手指越抠越大,卫衣衣领松成了大波浪,也不会扔掉。胡安说,服装产业是环境的第二大污染源,二手衣服洗干净是一样好穿的。

但去咖啡馆,如果音乐很坏,他会立刻弹出来,去找下一家。如果看到真正热爱的东西,也会毫不犹豫地买下来。胡安说:"如果生活不为了审美和享受,还有什么可过的?"他不大会为少花点钱,忍受不好的环境和品质。

他从没把节约这件事放在心上,如果要改变一个行为,一定是新的行为让他感到快乐和享受才行。为了节约而节约,对他来说是不可行的。我观察了胡安家哥仨,生活方式几乎是从一个模子刻出来的。

疫情早期居家上学,两个大男孩就在家跟着视频学画画,像两只温柔、安静的大金毛。对于爱好,他们绝对舍得:一墙的游戏手柄和一屋子健身设备,两台专门为打游戏买的电脑。一个弟弟热爱户外探险,加上学的又是地质学,在读书期间就买了非常专业的设备,月月都会去野外看石头。另一个弟弟玩乐队,乐器也花了大价钱。而他们身上穿的T恤衫却早就变了形。

按中国人来看,这都是把钱花在了"不切实际"的东西上。我也不好说什么,毕竟胡安他爸文森特就是这么一个人。我有时觉得,孩子们这么不切实际,都源于他的"怂恿和放任"。

有几年文森特的公司运营不错,赚的钱毫无章法地花在完全"不必要"的东西上。今天喜欢什么,就买什么;明天不喜欢了,就直接送人。胡安记得，那几年家里突然多了好几台车，他爸的兴趣丧失殆尽之后，竟把车直接送给了家里的阿姨和亲戚。头两年胡安他爸去北京时，知道我们喜欢书，问我们想不想在北京开个书店，那一年正巧胡安奶奶的一套祖宅卖掉了。我说："在北京开书店，肯定不赚钱。"他爸说："那你们喜欢吗？"我说："喜欢是喜欢，但不赚钱的买卖做什么？"这件事就不了了之。两年后，当我们问起在智利开个店怎么样，他爸爸说这笔钱已经被他花掉了。比起我们的小心谨慎、时时计划，毫无章法、随性而行差不多就是他们对于金钱的原则。

文森特去北京看我们，因为没有提前计划，没有申请中国签证，只用过境签在北京待了几天。从智利飞北京最方便、最快的就是从美国转机。但他不，说绝不踏上美国一步，我问为什么，他说因为他讨厌时任美国总统特朗普。为了这个，他要多坐好几个小时的飞机去西班牙，在那里还要歇上几天。歇好了可以直接去北京了吧？可他飞去了香港，说香港是他进入中国的踏板，可以提前适应适应。我说不用这个踏板，也能适应啊……

就这样，他花了一个星期的时间，花了近两倍的钱，才从圣地亚哥到了北京。经济和时间的成本，似乎不是他衡量一件事的主要因素。他的政治信念、快乐和舒适的需求，更多地决定了他的选择。

我才意识到，通往一个结果，原来有这么多路可走啊！如果不从钱和效率着眼，是不是体验会更多一些？究竟是钱的观念约束了我，还是对钱的毫无概念束缚了他们？我到现在也不能想明白。

一个人要像一匹马，奔腾起来，不问明天

菲比来自伦敦，和我一样是个老外。胡安的朋友纳乔为了让我们两个来智利不久、都在学西班牙语并且正在试图了解智利文化的老外见个面，专门设了个宴。

纳乔租住在圣地亚哥上中产阶层的一个区域——普罗维登西亚（Providencia），和市中心相比，就像两个世界。与治安堪忧、满墙墙绘、满地垃圾的状况相比，这个地区到处是鸟语花香的景象。很多智利人告诉我，最直接地判断这个区域属于什么阶层的方法就是看草坪。好的街区草坪绿油油的，居住于此的是受教育程度更高、文化层次更高的一群人，还有不少从外国来的专业人才。更有意思的是，连我一个外国人都能明显察觉出来：市中心的人大多胖胖的，每个人都顶着大肚子，甩着大屁股，被过紧的衣服勒得曲线毕露；而在普罗维登西亚的行人比市中心的人瘦几圈儿，身材大多匀称，穿着也更为整齐洁净，常有骑行和运动的路人穿行而过。在智利，阶层是这么微妙又明显，它几乎在街区环境和人的面貌等点点滴滴

> 急性子坠入智利慢生活

左 | 典型的普罗维登西亚住宅，阳台和花园总是少不了植物。总能见到老人们给院落的花草浇水，年轻人骑着自行车呼啸而过

右 | 沿路看到等主人归来的狗

中都能显示出来。

　　纳乔叫我们来时带点冰激凌，我和胡安于是在他家附近的超市买了两大盒。我们发现这边超市的蔬菜水果区、半成品里健康食材的比例也比市中心的比例更高。正是周末，许多人都穿着运动装备，跑步、遛弯儿、骑自行车。除了商业区零星几座摩天大楼外，住宅建筑大多低矮成片，让人能望见远处的安第斯山。路边独栋小院儿常有盛放的鲜花，即便是公寓里的住户，窗台上也总是种满了花。加上智利的太阳性格干脆爽利，要给就给个够，因此日日明亮、灿烂。在这个区域行走，心情舒朗美好。

　　纳乔牵着一只名叫 Marraqueta 的雪纳瑞出来接我们，它凑过来狠狠闻了闻我，倦怠地走开了。Marraqueta 是一种智利面包的名字。智利几十上百个面包品种里，它最受人喜爱。智利所有面包消费里，70%都在marraqueta上。这种面包口感松脆，四瓣儿小面包组合在一起，吃的时候每一瓣儿掰成两层，烤一下，中间加上各种材料就成了个三明治。这只无精打采、瘦溜溜儿的雪纳瑞说什么也和marraqueta扯不上关系。

屋里一位金发碧眼的姑娘正抽着手卷烟，她迎上来，大声问候，像已经熟识一样。她说："我叫菲比，《老友记》里面的菲比你知道吗？"

在智利，约朋友见面往往是约在家里。一起喝酒、吃点零食，勤快的年轻人偶尔也给你做顿正餐。他们的零食挺精彩，他们管这个叫cheeseboard（奶酪拼盘）。似乎家家都有个大木盘，这些木材来自智利南方的大森林，敦敦实实的，招待朋友时他们会准备薯片、小饼干、坚果、萨拉米、水果和各种奶酪，把它们整整齐齐摆在木盘上。像智利的很多事情一样，这种摆法并不是什么精致的英国、法国或者日本式的，甚至说不上有什么固定格式。它们显得热情、美好，却又不是那么精心钻研过的、升华过的什么美学，传递出一种"我在认真接待你"的漫不经心。奶酪蹭在小饼干和薯片上，嚼起来奶香四溢，饼干也没那么干了。可以用火腿片卷个什么，也可以单吃某一种。就着酒，智利人可以永远聊下去。

菲比说："我们英国人也爱喝酒，周末也去party，但是智利人的party可以坚持一个通宵！"智利party的主题就是熬夜喝酒，聊尽了，相对无言，就干喝酒。为了喝酒而喝酒，为了熬夜而熬夜，啤酒是一听接着一听往下灌，红酒一人能喝一两瓶。她有几次熬不住了，凌晨3点准备回住处，别人问她："这么早就要走吗？"

菲比像一枝长长的柳条站了起来，有音乐她就跟着唱歌，没音乐她就夸赞这里如何好，夸赞纳乔是多棒的东道主，夸赞天气和压根儿没有草的草坪，三句话一个 amazing。

我问菲比："你为什么来智利呢？"

她说："我前男友是智利人，我俩在伦敦认识，我就和他来智利了。"

我说："那咱俩一样，来到世界的一个小角落，体验体验生活挺有趣的。"

她说："可不是嘛！可惜我刚来智利第一个月，就和他分手了。"

我一惊："那你决定继续留在这儿吗？"

她说："为什么不呢？分手之后，我找了个合租的房子，搬了出去，现在和两个智利姑娘住在一起。我们的公寓真不错，有个超大的阳台。"

菲比来智利没什么计划，走一步看一步，这和中国人提前安排好一切的习惯相去甚远。分手后，她手头的积蓄很快花完，不会西班牙语的她开始试图找工作。她先在一所机构教英语，可这家机构给她安排的课程很少，远远不够房租和日常开销。她转悠了一阵，又找了个电话销售的工作，每天工作 4 个小时，给美国的客户打电话。这便是她现在的营生。

我问："你喜欢这个工作吗？"

她说："这当然不是什么理想工作，不过当作人生体验也没什么不好。"她没有任何慌乱，有一份足够养活自己的工作似乎日子已经不赖了。

这个柳条似的姑娘好像能把自己安放到任何地方，哪儿都可以是安身之处。我没问她下一步要怎样，因为通过这短暂的接触，觉得她可能并没有什么计划。

菲比的经历让我想到胡安父亲文森特的 3 个朋友。他们出身于智利中下阶层，靠着做家电生意——从中国进口卖到智利的勤奋工作赚得盆满钵满，在圣地亚哥的郊区买下了一块地。这三兄弟都不会说英语，更不会讲中文，过去一直是一家中国中介公司帮他们和中国工厂联络。

他们仨这天来家拜访，说这些中介公司收费太高，三兄弟准备一起去中国，直接找工厂购买。但当时正值疫情，申请签证已经不易，更何况他们身边连个翻译都没有，我一听就觉得这事儿基本没法实现。

这哥儿仨也不能说完全没有计划，这时他们已经开始申请签证了，并且开始查看机票。他们准备从智利先去美国，在美国玩两周，再直接飞到日本，玩儿天之后，去中国香港，再从香港去内地。

我心想，这样下来，两个月就过去了。疫情期间还要面临很长时间的隔离，他们对此一无所知。当我提起隔离政策时，他们大惊失色，觉得这是不可能的。我建议他们过两年疫情好转再去，但他们的态度很坚定。我真替他们紧张，每一步都充满了未知，极有可能到了日本，发现根本无法去中国，只能折返。

我坦白了我的担忧，没想到三兄弟非常淡定地说：“我们就是去冒险的，就算到不了中国，又怎么样呢？我们的祖先找到美洲的时候，还以为到了印度呢！”

啊，这件严肃的事，对他们来讲像做游戏一般。仿佛世界之大，就是让他们玩儿起来的。我担忧的模样跨着文化也能被他们读懂，他们继续解释说，去不了中国，日本也是很好的！这三兄弟已到中年，小时候看过很多日本卡通动漫。"抵达了日本，我们也不算虚度，这是我们第一回去真正的东方呢！"

他们满脑子的乐观、快活，很难把他们的这一面和成功的生意人这个角色联系起来。蓬勃的玩心、漫无目的地游荡更像是他们的底色，但做生意又那么需要逻辑、计划和苦练，很难相信他们是如何思维、如何自洽的。但眼前的事实就是这样，他们仨生活得竟还不错。

我和菲比、纳乔分享了这三兄弟的故事。他们并没有如我所料表现出讶异，却觉得我的吃惊是很有趣的文化差异。此时，纳乔的晚餐做好了，我正要起身帮忙收拾餐桌，却发现并没有这个必要。

晚餐是空气炸锅里的几只鸡腿，饥肠辘辘的我数了数，意识到一人只能吃一个。加上一人一勺沙拉，就是今天的晚饭了。我们小心地盛好鸡腿和菜，盘子搁在腿上，一刀一叉地吃了起来。鸡腿被吃得干干净净，我看了眼胡安，眼神交流让我们知道对方也没吃饱。胡安太久不回智利，大约也忘了智利年轻人的待客之道。我们开始惦记来时带的冰激凌，一般饭后甜点会吃它。等呀等，一小时过去了，似乎纳乔已经把冰激凌给忘了。

天色渐晚，聚会结束了。直到我们走在普罗维登西亚的大街上，和菲比紧紧拥抱告别，也没人提起那两盒美味的冰激凌！我俩没吃饱，有些意兴阑珊，去了一家冰激凌店，买了两只大大的manjar口味的冰激凌。Manjar 是焦糖牛奶酱，放了糖的牛奶加热后产生美拉德反应，小火炖煮，让牛奶酱变成了棕色，产生焦糖的气味，形成更黏稠的质感，在南美洲的各种甜品店里都能见到它。我们在街心公园的椅子上舔着 manjar 冰激凌，成了这一天的甜蜜时刻。

  我们再也没见过菲比，听说她上南方的巴塔哥尼亚高原去了，没人知道她为什么去，去做什么。巴塔哥尼亚在智利境内这一边，因安第斯山脉阻挡了来自南太平洋的水汽，湖泊密布、森林富饶、植物丰沛，天地广阔自由，生活在那里，人可以像一匹马一样奔驰在天地间。不知在那儿，菲比一天能说多少个 amazing 呢？

一个人要像一匹马，奔腾起来，不问明天

第五部分

游荡在世界之南

从圣地亚哥到宁静之城，只是狭长智利国土中间的一小段。在抵达世界最干的沙漠和世界上最南方的森林之前，在这短短的一段，景色已经让人惊喜。公路西侧是碧蓝的南太平洋，东侧则是安第斯群山，南半球最佳观星地在这里，海边沙漠里竟有小森林兀自生长。游荡在世界南方，这只是探索智利的开始。

瓦尔帕莱索，不仅是昔日荣光

中国人所知道的智利，首先是复活节岛，但是智利人反复告诉我，复活节岛代表不了智利，只是那些大墩子摩艾（Moai）实在太适合被打造成一个文化符号了。除了复活节岛，第二个为中国人所知的地方大约就是瓦尔帕莱索了，在智利人看来，瓦尔帕莱索更能代表智利。

瓦尔帕莱索还是个大区的名字，智利国土这条长长的丝带被分割成 16 节，一节就是一个大区。大区下又分省，人们知道的这个瓦尔帕莱索就是它同名大区的首府。这座城市的旧城区在 2003 年被联合国教科文组织列入世界遗产名录。

瓦尔帕莱索是拉丁美洲现代文明的先行者。它是 19 世纪晚期拉丁美洲城市和建筑发展的典范，也是拉丁美洲最古老的证券交易所、智利第一个公共图书馆、世界上最古老的连续出版的西班牙语报纸 *El Mercurio de Valparaíso* 的诞生地。瓦尔帕莱索还拥有智利历史上的第一个码头，而智利海军的总部在这里已经 200 多年了。

瓦尔帕莱索，不仅是昔日荣光

瓦尔帕莱索的大海性格泼辣，山坡上的民居也性格强烈，这是瓦尔帕莱索我最爱的两部分

今天的瓦尔帕莱索依然是南太平洋的重要港口，但它对于美洲的重要性在巴拿马运河开通后就迅速下降。我无比期待去看看瓦尔帕莱索现在的样子，临行前被人提醒：那边最美的山上不适合开车，步行更能品味它的细节；而治安最差的下城区也不适合开车——治安太坏，车停在哪里都不是很放心。

后来我和胡安决定坐大巴，从圣地亚哥过去不过两个小时。双层大巴两人一座，因为疫情的原因，两人之间用一层厚厚的塑料布隔开，但这趟车几乎没什么人。临近瓦尔帕莱索下城区，沿途已经有些小山坡，许多非法移民在这里搭建纸板房。如同圣地亚哥市郊的一些地方一样，它们被非法移民占领了。人们越聚越多，房子一层又一层地往山坡上延伸，慢慢成了一片一片的贫民区。这些房子

游荡在世界之南

上、下 | 在下城区行走的每一刻，我都揪紧了神经，这颗太平洋上的明珠今天败落成这个样子。黄金时代的老建筑要拨开无数层面纱才能让人联想起过去的辉煌。从上图的拐角进去，才看到 El Mercurio de Valparaíso 的办报旧址

看上去摇摇晃晃的，不知在这太平洋板块和美洲板块交会的地震频发带上，他们是如何保证生活基本的安全感的，但他们的到来倒是给智利人带来了巨大的不安全感——移民抢劫的新闻屡见不鲜。这些房子虽然不坚固，外墙却被涂上了各种各样的图案和颜色。如果是开车路过这样的地区，是绝不敢停车逗留的。

翻看瓦尔帕莱索的历史，我才知它不那么简单。过去它曾是个印第安人的小渔村，16世纪成为西班牙殖民地后，它就成了连接欧洲和美洲的重要港口。在巴拿马运河开通前，要去美洲西海岸的船只穿越麦哲伦海峡，必然要经过瓦尔帕莱索。当时的瓦尔帕莱索是这些往返欧洲与美洲的船只的重要补给站。19世纪中叶，美国加州发现金矿，吸引大量欧洲人蜂拥而至，去加州的人总要路过

瓦尔帕莱索，许多来自欧洲的移民定居于此，带来了瓦尔帕莱索的黄金时代。在当时的瓦尔帕莱索能听到世界各地的语言、见识世界各地的文化，因此瓦尔帕莱索被人们称为"太平洋上的一颗明珠"。而眼前的景象很难让人想象瓦尔帕莱索曾经的辉煌。

❈

我们直达下城区的大巴总站，走了没几步，路过一个公园，灰色的鸽子黑压压地成片飞起，成片降落，向每一个坐在公园里的人要吃的。高大的棕榈树遮去了一半太阳，树荫底下鸽子屎白白的，好像没人清理，也没有人真的在意。

我们在路两旁至少有 100 年历史的建筑群中行走，涂鸦把它们覆盖得面目全非，但抬头往上看，二层那些涂鸦够不着的地方，还是一两个世纪前的模样。智利的建筑大多写着它们建造的年份，随意看一个——1908 年，穿过半个地球来到中国，光绪帝在那年去世。路上摊位一个接一个，卖鲜花、草药、一车一车的蔬菜水果、便宜的彩色衣服和日用品。广场远处，已经能看到山腰上彩色的小房子，教堂尖塔星罗棋布，零星点缀其中。海边城市的上午，雾气朦胧，太阳还没出来，即便在盛夏也得套件薄外套。

在一个路口，尽管被悬在空中横七竖八的电线分散了许多注意力，小街道尽头那幢白色的老房子依然保持着它的庄重。走过去一看，这便是老报纸 *El Mercurio de Valparaíso* 的诞生地了。*El Mercurio de Valparaíso* 是世界上最古老的连续印刷的西班牙语报纸。该报于 1827 年发行，这幢历史主义风格的大楼却是在 1901 年落成的。老房子大门紧闭，被涂鸦刷脏了下半身，越往上看越有当年的模样，楼顶上伸出手臂指向天空的水星神似乎还在召唤着什么。

我刚要拿出相机，被一位路过的中年女士叫住，胡安翻译给我听，她是叮咛我切切放好相机，这里小偷、强盗专盯着我们这样的游客。我解释说我拍两张就会赶紧放回包里，这位女士依然不放心，干脆和胡安一人站一边，把我夹在中间，像保镖似的等我拍完。慌乱之中拍了几张照片，回来时却发现拍得歪歪扭扭。这样的好心人在瓦尔帕莱索遇见多次，其中一次还是警察，直接将警车停在了我旁边，下车叮嘱我一定要把相机放好。人们不吝惜花一点时间给陌生人，好像给你一些方便，他们也很快乐。

往山上去，才意识到朋友不让我们开车来的原因——瓦尔帕莱索最美的地方几乎没几处平地，这些彩色的房子建在数十个俯瞰南太平洋的陡峭山坡上，鹅卵石小巷连通着彼此，不是爬坡就是爬楼梯，走在里面像走在迷宫里。一位当地老人告诉我，过去人们都说，得益于爬坡爬得多，瓦尔帕莱索姑娘的腿最漂亮。我跟他说，中国人也常说重庆姑娘美，原因跟这一模一样。这样在今天看来政治不正确的话，智利年轻人是绝不敢再说了。

山坡陡峭，很多地方乘坐公共交通没法到达，但可以乘有轨缆车或者"电梯"。一些在我看来明明就是缆车，而当地人称之为"电梯"，因为它们几乎是直上直下的。早年有30多条缆车运行，现在只剩不到10条。在索托马约尔大广场、海军司令部不远处，我们找到一条老缆车，窄小的通道里人们排着队，尽头是一个有百年历史的检票口，闸机已经被磨掉了绿色油漆，露出锃亮的铜色。让我惊讶的是，票价极为便宜，坐一次折合成人民币只要几元。

过闸机一转身，就进了个两平方米左右的彩色小房子，一下子还没反应过来这就是车厢。再扭头一看，哈？一眼就看到了终点站。这条索道差不多等于地铁站电梯的长度，上升过程却花了两分钟，是百岁老人的速度了。设备吱吱嘎嘎地响，像随时要散架，两旁树枝偶尔会伸进窗户跟你打个招呼。迎面下坡的车厢绿、红、白相间，我这才意识到自己也是在这样一个彩色的车厢里。还没来得及欣赏什么景色，就已经到终点了。车厢里站在旁边的乘客，是带着她说个不停的小孙子下山去超市购物的阿姨。在瓦尔帕莱索，这些历史悠久的缆车是一种日常交通工具呀！我们意犹未尽，又重坐了一遍。

太阳出来了，在远处蓝宝石般大海的映衬下，彩色的房子更显得熠熠夺目。这些小小的房子大多有两层楼高，窗户面朝大海。这一家房子的楼顶是邻居的地基高度，因此谁也挡不住谁的窗景。瓦尔帕莱索的房子是昔日多元文化交融的结果，有它特有的别致。当年盛极一时的瓦尔帕莱索居住着许多港口上的工人，富有的船舶公

瓦尔帕莱索每一处房子都各有样子

Trolebuses de Chile S.
300
100
802
Aduana
Av. Colón
Avenida Argentina
709
CX 23 58
CENTRO DE LLAMADOS
Bebidas
Snacks
Golosinas
Galletas
HAY HIELO
BlaK

瓦尔帕莱索市区的街道

司粉刷船只的颜料总会剩下一些，被这些工人带回家，粉刷自己的房屋。于是，家家都有了自己的颜色。涂料不够的时候，一幢房子的两面外墙颜色可能都不一样，这造就了瓦尔帕莱索今天鲜亮缤纷的风格。

瓦尔帕莱索的无穷色彩让人没法集中注意力，顺着一条彩虹色的石梯往上爬，正累到大喘气，发现旁边藏着一处咖啡馆。于是我们决定在这里歇会儿，喝点咖啡，这小小的露天空间让人百看不厌。半天然的石坡上，一面深蓝色的墙的中心，画着一幅淡蓝色的小小裸女像。蓝墙左边的墙是浅绿色的，墙上画着淡橙色的树枝，绿墙上镶的窗栏杆却是结结实实的大红，旁边挨着两把同样大红的凳子。蓝墙的另一侧是往上走的斜坡，坡上涂满了饱和度很高的组合色块。真的绿植下面铺着假绿植。再往上看，一条不过半米的横向斜坡还空着，被人横着画了一张女人的脸，她目光炯炯，彩色的头发向右侧填满了剩余的空间……一时间让人感到，全世界的色彩都涌进了这条巷子里，它满得装不下了，要溢出来了。它的热闹不是一天形成的，是今天一层、明天又一层，今天画一点、明天又毫无计划地画上另一点。它们彼此绝无遥相呼应的意思，却就这样呼应上了。而这只是瓦尔帕莱索一叶寻常的切片。

从山上任何一条小路往下看，都直通南太平洋。瓦尔帕莱索三面环山，一面是海湾，是天然的良港。地中海气候使它冬不冷、夏不热，让人觉得它未免太被大自然眷顾了。我们正在闲逛时，文森特突然打来电话，说他开车往瓦尔帕莱索来了，要带我们去看看他的私藏景点。我这个贪玩的公公一辈子去过全世界的大海，说智利的海是独一无二的。

会合之后，文森特说，他要带我们去看海狮。那是瓦尔帕莱索几乎没什么游客的地方，连接着另一座城市比尼亚德尔马（Viña del

瓦尔帕莱索，不仅是昔日荣光

我们在彩虹台阶左边的咖啡馆里坐了坐，彩色才是瓦尔帕莱索的保护色啊

游荡在世界之南

这两张照片是我在餐厅等餐时拍的,从照片就可以知道它们距离我们有多近,它们扑扇翅膀的声音,盖过了我们喝汤的声音。在瓦尔帕莱索,大自然好大,人是那么渺小

Mar）。他经常闲来无事就开两个小时车，来这里看海狮。

海边没有沙滩，却是大大的礁石，人们散落在各处礁石上，我们也找了一块石头坐下，看远处不知废弃了多久的一条破轮船，一群海狮从边沿往上跳。它们一遍一遍地跳，十次要失败八次，最后两次也得看运气。甲板上已经有几十只海狮在乘凉，小的摞着大的，都快没有下脚的地儿了。一只聪明的小海狮费尽全力跳了上去，没想到踩错了位置，正中老海狮的肚子。说时迟那时快，它没等老海狮发飙，赶紧砰砰砰跳出几米远去了。

在瓦尔帕莱索，当然要吃海鲜。饭店不远处是个渔民码头，海腥味儿扑面而来，这些海鲜就是从那儿来的。文森特帮我点了一份智利传统的海鲜汤。用当地陶碗盛放着各种贝类、鱼和虾，配上简单的调料，用烤箱烤制而成。分量极大，味道非常鲜美。饭店的大露台加上了网，远处南太平洋海水极蓝，深邃得不真实，我坐在餐厅等饭时，觉得这些网大可不必，这不是干扰了看美妙的海景吗？吃了一会儿才明白是为什么——这些孔武有力的大海鸥可馋得要命，要是不拉网，它们可能已经坐在你桌上了。

瓦尔帕莱索的海脾气挺暴躁，让人觉得很不好惹。比起温顺细腻的海滩、为不怎么穿衣服的人类提供服务的海边，我更喜欢这样有性格的海，波浪撞在石头上，发出怒号，摔打成白色，让人觉得它打算把石头击碎。只有海鸥不怕它，骑在浪上，在礁石上拉屎。

瓦尔帕莱索的复杂让人无法总结，一时在人类文明中穿梭，一时又要直面真切的大自然，它像还没尘埃落定成一个稳定的结构似的，让人不知说什么好。在瓦尔帕莱索，关于可观、可听、可触摸的一切，你不必是一个敏感的人，能在每一秒体会到惊喜。你因此而尊重它，又不必时时小心翼翼，它叫你暂时忘掉自己，认真审视它究竟是个什么样。

拉塞雷纳，流浪汉和狗一起舞蹈

从圣地亚哥一路向北，沿着智利 5 号公路行驶，路上指示牌写着"去北方"，而相反的方向写着"去南方"，如此简单，都不必另起名字了。智利东西方向大多不过两三百千米宽，而长度却有四千多千米。沿着这一条长达 3364 千米的南北向公路，能把智利从北边沙漠到南边森林所有景观大致观赏一遍。

去拉塞雷纳（La Serena）途中，一边的窗外大部分时候是耀眼的海水反射的光芒，每隔一段便能看到度假的海滩；另一边却是干涸的戈壁，车窗两侧像完全不同的世界。越往北越干燥，越来越多巨大的仙人掌在窗外一闪而过，即便还未到真正的阿塔卡马沙漠，拉塞雷纳的夏季已经几乎无雨了。

到拉塞雷纳正是傍晚，我在海滩上见到有生以来最美的夕阳。鸟群在四处觅食儿，外星生物般巨大的透明水母

随着海浪漂到海滩上。海水退了之后,沙滩像被梳过一样,留下一条条波痕。这是居住在拉塞雷纳的人天天能享受到的美景,早起一睁眼,上下班途中随便一抬头,就毫不费力地获得这样的景色,真让人羡慕。

天色渐暗,夕阳越来越红,红到极致又变成了紫色,世界像不是真的,远处山包上顶着个十字架,慢慢只能看到一个轮廓,太阳是从那儿降下去的。天地大美是有力量的,它摄人心魄,人类显得小小的,和沙滩上徘徊的小鸟没什么两样。我们走在海滩上,看一串串鸟爪印被一层层浪抹平,我们的脚印逐渐消失。此时赞美的声音也会被立刻淹没,我不知说什么好,只能哑口无言。

拉塞雷纳的夕阳和远山上的十字架,近处被海浪洗刷过的小鸟的脚印,都让人觉得自身渺小

La Serena 在西班牙语里是"宁静之城"的意思，初次见面的这个傍晚恰好佐证了它的宁静。一眼望去，除沿海公路一带有些高层建筑外，拉塞雷纳是个扁平的小镇模样，人口只有 50 来万，我一查资料却吃了一惊，这居然是智利第四大城市。拉塞雷纳城区里保留了许多 19 世纪到 20 世纪的殖民风格建筑和新古典主义建筑，为保护城市的历史面貌，市中心不允许修建非常高的建筑物。得益于此，拉塞雷纳的市民才能够每日走在百年街巷中，抬头一望，便能看到远处由山水构成的天际线和漂亮的斜阳。

拉塞雷纳还是智利除圣地亚哥外最古老的城市。公元前 2500 年，这里气候温和，安第斯山水流源源不断地在山谷中汇合成流，滋养了山麓地区的牧场，让早期的狩猎群体在山坡上定居，豆类、南瓜、玉米等作物在这些谷地中蓬勃生长。在公元 300 年到 700 年间，被考古学家称为 El Molle 的文化在这里产生，当时的人们制作了颇具特色的带有几何图案的陶器，发明了灌溉系统，在山谷和海岸半稳定地定居。公元 800 年到 1000 年间，迪亚吉塔文化（Diaguita）出现了。迪亚吉塔人用骆驼毛编织衣物，用天然植物矿物进行染色，用各类藤蔓编织篮子，他们所制作的陶器愈加精美。15 世纪下半叶，迪亚吉塔人遭到印加帝国的进攻，在西班牙人到来之前，迪亚吉塔人被印加人统治。但不同山谷、河流上下游和海岸之间并没有形成统一的权力，既没有语言上的统一，也没有政治上的统一。

1543 年，来自西班牙的船长胡安·波宏（Juan Bohón）在这里建立了城市，就在 5 年后，当地原住民起义，几乎杀死了所有的西班牙人，并且烧毁了整个城市。同年，拉塞雷纳市重建。1825 年，人们在拉塞雷纳的东北郊发现了银矿，两年后拉塞雷纳成立了铸币厂，铸币厂就在今天拉塞雷纳最古老的教堂之一——旧金山教堂的回廊上。当年的铸币厂制造的硬币并不怎么样，甚至每一枚硬币的重量都不同。今天仅存的几件中，最好的一枚被保存在大英博物馆，而智利中央银行钱币博物馆中仅存一份副本。

像智利乃至几乎所有拉丁美洲城市一样，拉塞雷纳市中心广场名为武器广场。武器广场南边的上诉法院大楼主要墙体为白色，门窗和建筑棱角点缀着红色边框，色彩十分清新、亮丽，走近一读，才知原来在这块地方的旧宅邸早在20世纪初被一场大火严重损坏，今天所见的这座新殖民主义风格建筑建于1938年。它和拉塞雷纳抵押信贷基金、中央银行、火车站等其他建筑一起，构成了20世纪上半叶"拉塞雷纳计划"的城市改造和更新项目中的重要部分。当时的总统加夫列尔·冈萨雷斯·魏地拉（Gabriel González Videla）提出这一计划，主要是为了阻止人口向圣地亚哥聚集，避免资源全部集中在那里，让各省均衡发展。虽然人口依然无可避免地向大城市聚集，但拉塞雷纳计划确实推进了泛美高速公路、铁路轨道和火车站的修建、重组，1922年被地震、海啸击毁的科金博港码头也得以重建，拉塞雷纳因此建立了更多学校、医院、发电厂……今天看到的拉塞雷纳的完整形态，大部分是拉塞雷纳计划所带来的。

走在拉塞雷纳的历史街区，每隔不远就能看到一座老教堂。圣多明各教堂外，烈日炎炎，石灰岩外墙在烈日下显得尤为洁净，正门的雪松木煞是好看。这座教堂是17世纪初多米尼加骑士团来到此地建立的第一所教堂，最早时就是木石结构，在20世纪初的一次修复中，被混凝土材料覆盖，不过在20世纪60年代，又被负责修复

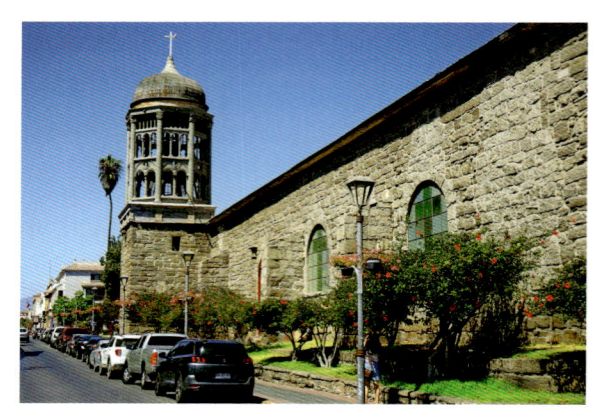

拉塞雷纳到处是教堂。教堂里总是比外面凉快很多，我们每走一段就跑去教堂里转转，算是纳凉了。每座教堂的祭台上、墙面上都常有人们的许愿小纸条，阅读他们的愿望就能看到拉塞雷纳人的生活

的建筑师和石匠试图抢救了回来。如今看到的石墙便是最早时的模样。一进教堂，强烈的阳光就被关在了外面，气氛立刻肃穆下来，不时有进门祈祷的人，一对老夫妻颤颤巍巍、静静坐下，不发出一点声响。

教堂各个角落，专门的祭台上贴满了人们许愿的小纸条。翻译出来，就是100多年来拉塞雷纳的家庭故事。一位父亲写道，他15岁的女儿跟一个小偷跑了，怀着身孕，他希望她能够走上正途，早日回家。一张显然是儿童字体的纸条上，写着：希望在9岁生日时获得一辆自行车。大多数人则是真诚地感谢，在主的庇佑下，他们的亲人获得了健康与幸福。我们走出教堂,感觉外面的世界波光粼粼，一时间阳光照得睁不开眼。

拉塞雷纳比教堂还多的就是唱歌的人，街头巷尾有各种各样表演的人，街角就是他们的舞台。我们正要往雷科瓦（La Recova）去，在一座小山坡的黄色房子边享受着这小镇上大朵大朵色块带来的纯

净，海风从远处袭来，到小山坡上也不走了。旁边一所女子学校刚刚打了铃，穿校服的姑娘们披散着大鬈发往教室跑去，像披着一条条毯子。似乎原住民血统越多的智利人，发量就越多，他们很少有脱发谢顶的问题。

远处一位提着老式菜篮的阿姨正往山坡上走来，一头银色短发修剪得很漂亮。她走过我们，迟疑了一下，放下篮子，又返回来和我们说话。她说听到我们在讲英文，想必是外国人。又说她是土生土长的拉塞雷纳人，对这里的一切都了如指掌，如果我们需要任何帮助和指导，她很乐意帮助我们。我被智利人的温情打动不是第一次了，类似这样来自陌生人的温暖每天都在发生，成了生活中的一部分。

雷科瓦市场的历史也可追溯到殖民时代，17世纪末，商人们就在这里出售各种肉、面包和海鲜。1795年，这里被划定为商品交易的市场。市场一层卖手工产品和食品，二层则是餐厅，有许多当地特色的海鲜和传统菜肴。小店里整齐摆放着番木瓜（papaya）制成的零食，黄灿灿的，看着很有食欲。番木瓜在美洲所有气候炎热的地区都有种植，一般经过处理后制作成甜品或者罐头。软软的果肉有点类似黄桃，有一股浓郁的芳香。

吃着番木瓜听见市场外的小广场上有人在唱歌，听上去像专业歌手似的。智利人天性里音乐细胞漫溢，他们唱起来全情投入，从市场买菜出来、半路经过、在附近工作午休的人都被吸引而来。小广场上跳舞的男男女女，使老太太和小朋友、路过的伤心人和流浪汉，都跟着翩翩起舞。智利人的快活劲儿很难不感染人，在这儿坐一会儿，什么忧愁都忘了。你觉得没有理由不快乐啊！

这时有人来了一首《我是流浪汉》(Vagabundo Soy)，一位流浪汉牵着自己的狗在广场中心快乐起舞。我搜了下这首歌的歌词，大意是：

  让我过我的生活，我对任何人都不刻薄
  如果我是个醉汉，如果我是个失败者
  如果我是一个好色之徒，如果我是一个凡尼多
  我在世界上流浪，我是一个流浪者
  没有人关心我的生活
  也不是我走的路
  我不问任何人，我不欠任何人
  即使你不相信我，我带着每个人

这流浪汉大约觉得这首歌就是唱给他的吧！在场的人无一不为他鼓掌，和他一起愉快地跳舞。我身边每一位走过的智利人，都伴随音乐做出反应。他们不是整齐划一的，而是随心所欲、自由自发的，音乐牵动着神经和身体，就跳起来了，十分和谐、美好。看到这里，一个来自遥远国度的中国人有点想流泪，是身体的、音乐的释放，小城的温情、人性，还是一旁花店门口的鸽子飞起来白得太耀眼？我也说不清是为什么。

图中间的这位就是带着他的狗跳舞的流浪汉

埃尔基谷的小镇，永远天晴，永远黑暗

听说距离拉塞雷纳不远，能看到南半球最晴朗的天空之一，在那片无遮无拦的天空下，还藏着许多有趣的袖珍小镇。于是，在拉塞雷纳吃了最后一顿早饭——便利店买的面包、芝士和火腿片，一夹，一杯黑咖啡送服，我们就毫无计划地出发了，一路向安第斯山脉的方向行进。这片区域叫作埃尔基谷（Valle del Elqui），名字来自这条从安第斯山脉流下的埃尔基河，这条河穿过拉塞雷纳，最终汇入南太平洋。

山谷里几乎没有一片云彩。即便戴着帽子和墨镜，抹着防晒霜，一天的暴晒之后也可能会脱一层皮。得益于埃尔基河和全年300多天的晴空万里，这里非常适合种植水果和蔬菜，这也是为什么智利出口的葡萄大多产自这里，著名的皮斯科酒便产自这里的葡萄。埃尔基谷是草原气候地区，海岸附近云层丰富，越往里走的内陆，大气越干燥。

埃尔基谷有世界顶级的专业天文台——世界知名的双子星天文

台（Gemini Observatory）。这是由美国、英国、加拿大、智利、巴西、阿根廷和澳大利亚等国共同建造的两台位于不同地点、完全相同的望远镜。其中一台位于北半球的夏威夷，被叫作北双子望远镜；另一台就在智利的埃尔基谷，被称为南双子望远镜。这儿也有数个为游客提供服务、用肉眼或者借助天文望远镜观星的天文台。我们在小商店买东西，旁边一位50来岁的中年大叔得知我们想去看星星，告诉我小镇维库纳（Vicuña）东北部的 Cerro Mamalluca 天文台就是对普通游客来说很好的选择。那是智利第一个用于旅游的业余天文台，能看到最纯净的星空不说，还能欣赏不同的星座、月球、土星和它的环以及木星和它的16颗卫星，当然还有其他的行星。我很吃惊一位普通路人都对星空如此了解，他说他是观星爱好者，而生活在这里有得天独厚的优势。

毒辣的太阳光几乎要穿透我的帽子，一棵同样被晒得直打蔫儿的树下，这位观星爱好者站准了小小的树荫，喝了一口加冰的 Mote con Huesillo，这种用糖蜜水煮的脱壳小麦粒，加上几块肉桂一起煮的桃子干，浓郁的橙色汤汁加上碎冰碴，是智利人夏天最爱的饮料。它的甜度是中国甜品的好几倍，喝一口直接甜到眉心。我们急着往车里钻，这位大叔神秘兮兮地跟我们说，埃尔基谷可不仅能看到星星，还有不少UFO出没。我没当回事，上车才开始上网查，智利是世界上目击不明飞行物最多的国家之一，其中许多目击就发生在这个山谷中。

道路两侧几乎全是葡萄田，葡萄正在成熟，在藤上摇摇欲坠。远处是连绵不断的山，我们开在山谷里的公路上，被坚毅的绿色植物包围着，而山上几乎只有一些仙人掌和灌木。从这时起我的期待也被打乱，人间风景好像已经不能满足我了，如果真能撞见个UFO，那我可真是此生无憾了。

埃尔基谷的小镇， 永远天晴，永远黑暗

维库纳：躺平的女作家之脸

维库纳的天空已经没什么云彩了。教堂前的广场坐着些纳凉的人，在这个广场上每年都会举办一次埃尔基狂欢节

　　维库纳是个小镇，vicuña 在西班牙语里是"小羊驼"的意思。从维库纳再往东去，翻过安第斯山就是阿根廷了。这么一想就显得很浪漫，事实上在智利，随便一处挨近安第斯山的地方，翻过去就是阿根廷。

　　从拉塞雷纳到了维库纳，才意识到原以为安静的拉塞雷纳其实是热闹的，我尚未习惯智利小地方衡量一切的标准。维库纳有 2 万多居民，比起 50 多万人的拉塞雷纳，说冷清也不过分。夏日正午，没什么居民出来，小镇也昏昏欲睡。

　　维库纳整个城市空间的历史可以追溯到 1821 年维库纳建市

时。中心广场是市民会议和庆祝活动的主要场所，每年一二月最热闹，埃尔基谷里的小镇就在这里举办盛大的狂欢节（Carnaval Elquino）。埃尔基狂欢节已经有100多年历史了，来自全国各地的艺术家、剧团、音乐人来到这里演出，和民众一起游行。节日开始那天，人们会做一种名为challa的游戏，来自不同地方的人之间相互投掷彩色纸片，这是来自艾马拉人的古老习俗。

艾马拉人在12世纪主要分布在秘鲁、玻利维亚和智利，是南美洲主要民族之一。13世纪，他们形成了领主和民族联盟，以高原为基础，在安第斯山脉两侧的山谷中生活。15世纪中叶，印加人征服了高地，也征服了艾马拉人的领主。16世纪，西班牙人开启了艾马拉社会的深刻变革，殖民体系的发展几乎瓦解了他们原有的生活方式。19世纪，艾马拉人被分至3个不同的国家——智利、玻利维亚和秘鲁，硝石战争后所建立的新国界切断了生活于这3个不同国家的艾马拉人之间的联系。智利在20世纪初便开始实施一系列措施，通过公共教育和兵役让艾马拉人智利化。20世纪90年代，艾马拉人在向现代性过渡的艰难挣扎中重建起了自己的民族身份。1993年，智利国家原住民发展公司成立，其中主要代表是艾马拉人。

据说在过去，艾马拉人为庆祝重要事件，除了抛撒彩色纸片，还会在地上洒水来表示感恩。我猜如果不是埃尔基谷非常缺水，他们大概也会继续往地上洒水吧！

而狂欢节作为一年一度的庆祝活动则起源于古罗马，来自欧洲的狂欢节被西班牙人和葡萄牙人带来美洲，整个文化仪式中，例如封斋期这样的元素却被南美洲人民放弃了——简明扼要地选择了快乐的部分，舍弃艰难的部分，完全符合南美洲人拈轻怕重的生活哲学。欧洲狂欢节与当地人的仪式奇妙地混合在一起，成了今天我们看到的样子。

埃尔基谷的小镇，永远天晴，永远黑暗

中心广场早先叫武器广场，在2016年完成最后一次改造之后，以诺贝尔文学奖获得者加夫列拉·米斯特拉尔（Gabriela Mistral）的名字命名。这是她出生的地方，米斯特拉尔博物馆也在这里。博物馆里保存着她一生中收到的礼物和信件、数百本她的书籍，许多书页上还有她亲笔写的注释。可惜我们去的这天，博物馆不开门。

但米斯特拉尔在维库纳不会缺席——中心广场的正中央，一张巨大的米斯特拉尔的脸平躺在水池中，望着无云的天空。整个镇子像是从这张巨脸放射出来的，这么想想有些怪诞。往后退几步是供人休憩的公园长椅，没想到上面坐着一尊人形大小的树脂雕像，我差点坐在她身上，吓得我一激灵。这是米斯特拉尔年老时的样子，花白的头发束于脑后，白衬衫的衣领从外套里翻出来，搭配棕红色长裙套装和黑皮鞋——正符合20世纪四五十年代智利人的穿衣风格。这种服装风格我曾在许多智利人家泛黄的老照片中看到过，当时的

躺平的米斯特拉尔的脸，这么看总有一丝怪诞，不知这样仰望无云的天空，晃不晃眼

大山镇（Montegrande）的公交车站，有米斯特拉尔全部著作的介绍，扫二维码可以阅读全书

人们喜欢套装，肃穆的纯色有一种老派的从欧洲传来的端庄持重的体面，让人觉得穿这样的衣服，走路一定很慢，和今天智利年轻人令人眼花缭乱、五颜六色的服装形成鲜明反差。

  不远处的大山镇是米斯特拉尔墓园的所在地。在大山镇生活的那几年，虽然米斯特拉尔住的是简陋的土坯房，这里的一切却滋养了她的性情。她曾写道："我的童年生活在智利一个山谷的怀抱中。""埃尔基谷就像一把刀锋，是旅行者在任何国家都能找到的那种最狭窄的山谷。沿着山路走，好像一只手触摸着山，另一只手就能够着另一侧的山似的。而那些习惯于开阔景观的人，在穿过这条由荒山构成的走廊时，甚至会感到有点窒息。"埃尔基谷的天空、阳光灿烂的早晨、星星沸腾的夜晚，都让她惊叹不已。她说，那双被埃尔基谷的光芒穿透的眼睛，是她童年时拥有并且不想忘记的眼睛，"我不能再拥有其他眼睛了"。日食、彗星、满月、四分之一月、流星雨、昼夜平分点和冬夏至日，以及那些时常在天空显现的星座，是她童年生活在山里最珍贵的宝藏。

后来米斯特拉尔一生旅居于世界各地，却在遗嘱里要求将自己埋葬在大山镇，并将自己著作的南美洲版权遗赠给大山镇的孩子们。她成为南美洲第二位荣获诺贝尔文学奖的作家，诺贝尔文学奖的颁奖词是：她那由强烈感情孕育而成的抒情诗，已经使得她的名字成为整个拉丁美洲世界渴求理想的象征。

坐椅子上凉快会儿，正对着米斯特拉尔那张躺平的大脸。周围绿油油的，蓝花楹果荚时不时从肩头落下，可放眼望去，公园小径的尽头就是白花花的荒山，荒山脑袋顶着那种滤镜用太猛了的蓝天。

维库纳有横竖几条小径，小径围绕着的绿地抓紧长了许多高大的棕榈树，绿地边沿的木凳上坐着乘凉的人。一些木凳被当地女权主义者粉刷上了他们的口号，比如：向所有在不公正的社会中，每天为获得尊重和平等而奋斗的勇敢女性致敬。一棵脱皮的树上，挂着一块涂黑的树皮，用彩色粉笔写着：我们不想要你的夸奖，不管我们穿没穿衣服，都别染指我们的身体。这块小小的牌子正对着广场一侧的红色教堂。

一位坐在轮椅上转了好几圈的大叔跟我们打招呼，他穿着喜力啤酒文化衫，帽子上的 logo 则是当地一家用安第斯山脉冰川融化的冰水制作的啤酒的品牌，他热情地问候，聊着聊着，甚至说了一串我听不懂的中文，他说是在转第一圈看见我的时候，跟翻译软件学的。聊了几分钟之后，他问我们饿不饿，原来他是一家当地餐厅的"托儿"。他说："你们去这家餐厅，提我，打折。"于是我们就去了，就算被他坑了，也算做了件善事。

餐厅门口一位高大壮硕的棕色皮肤小伙子迎接我们，看上去像一只憨憨的熊，即便戴着口罩，也知他绝对是姑娘们喜欢的那种类型。墙上的电视机播着当地的新闻，不一会儿被人调了台，换成了海滩美女的节目，性感是拉丁美洲人日常最重要的调料，而智利在拉丁美洲已经算是最"冷静"的国家了。这里稍大一点的城市就至少有一家"咖啡加美腿"的酒吧，里面的服务员大多来自哥伦比亚和委内瑞拉。她们穿着短裙、丝袜，迎来送往、端茶倒水，每俯一下身，就荡漾出一阵令人眩晕的荷尔蒙。连我都忍不住一直要盯着的翘臀，被小围裙勒得紧紧的腰部，连同活蹦乱跳的乳房，完美的沙漏也不过如此了。当然，智利人对这一切司空见惯，并没有人对电视上暴露的沙滩美女感到不好意思。

邻桌儿乎坐满了人，看他们聊得手舞足蹈，却毫不嘈杂。我们点了一份 Pastel de Choclo，它是由玉米磨成糊状，混合着罗勒、牛奶和橄榄油，把它浇在用洋葱碎、辣椒和肉碎做成的底上，有时在最下层还会放颗橄榄或者鸡蛋。就这样把它们一层层铺进智利常见的红棕色陶碗中，用烤箱烤制而成。我们的另一道菜则是炖牛肉加蘑菇意面。他们不吃肥肉，更不爱吃牛腩、肉筋，三大片瘦牛肉足够中餐炒上一大盘菜了。像智利的所有老百姓餐馆一样，菜式不过那几样，分量却大得惊人。

结账时意外发现，不仅没被坑，还真给我们打了个折。壮小伙问我是否可以用相机给他们拍个照片，我说那可太没问题了！连忙按下快门，他们就这样留在了我的相机里。

我说我想去天文台看星星，他们说："你可得预约呀！"看来这次是来不及了。维库纳是埃尔基谷最后一个可以使用 ATM 和给车加油的地方，感觉这才要真正进村儿了。

查皮尔卡：编织织物的地方

查皮尔卡（Chapilca）地名来自一种被当地人称为 chapi 的藤蔓植物，它的名字意味着"编织织物的地方"。Chapi 是茜草的近亲，藤蔓长，茎粗，剥掉其外皮、晒干、碾碎，就可以作为天然染料储存起来，给羊毛和天然纤维面料染出漂亮的红色、橙色和珊瑚色。拉塞雷纳的手工艺博物馆里，陈列着的植物染羊毛作品，许多就来自查皮尔卡。

查皮尔卡只有三四百居民，开车三五分钟就能转完。我们干脆下车步行。这是我们在埃尔基谷最晒的一天，小镇旁边就是光秃秃的山，而我已经对这种干燥的景象疲惫了。在查皮尔卡，我无数次想到甘肃的一些地方，在这边看到的人，有点像在甘肃遇见的人，皮肤晒得兑实油亮，像多了一层厚厚的壳，和柔软、细嫩这样的词扯不上什么关系。甘肃人每家门口都晒着水果干，杏干、葡萄干最为普遍，在查皮尔卡，我们也看见了同样的景象。镇子的空地上，整整齐齐晒着不同颜色的豆子和葡萄干。查皮尔卡没有风沙，太阳把小镇洗刷过后，显得尤为干净。像许多偏远地区的小村子一样，看见有外来车辆，居民扒着院门瞅瞅你。

要找到小镇居民生活的中心，就要找到教堂。南美洲城镇基本上全是这样的结构。白色老教堂精巧漂亮，门前有一个横竖三条路的小广场。社会生活以此为中心展开。整个小镇大约只有一两家小卖部和一两家饭馆。我们去小卖部买冰激凌，发现冰柜竟上了锁，看店的小姑娘不过十四五岁，她身旁的大眼睛小妹妹约莫两三岁，她对我的外国面孔感到好奇，笑眯眯地跟我喊了几声 hola（你好）！

这也是我们去过的埃尔基谷最为干旱的小镇，植物要在这里生存想必更难。却意外在中心广场的小公园里，看见一棵棵艰难生长的树，它们的树荫让人非常感动。难以想象查皮尔卡居民花了多少精力才把它们养活。周围的椅子被用心地画上图案，大约因为材料有限，他们还将几十个汽车轮胎涂上漂亮的颜色，围成一个个花盆。花盆里种上极少几种在当地能够存活的花。这一切都让人看到查皮尔卡居民的生活情趣，他们用尽一切办法，把小镇打扮得漂漂亮亮。

正当我们在这些橡胶花盆前感慨时，旁边一户人家走出一位阿姨，跑来和我们聊天。原来她就是这座小镇上知名的手工艺人！她邀请我们去她的家，门口外墙的涂鸦是她正在织布的样子。她告诉我们，这个小镇除了种葡萄和其他水果，还养羊。过去 200 年间，这里的传统手工艺就是制作羊毛地毯、挂毯和披肩。羊毛染色用的都是当地的植物，有什么就用什么。

这位手工艺人向我展示她放在院子里的织布机，跟其他地方不同的是，查皮尔卡的织机是水平的，排列在四根插在土里的木棍上。她用踏板来推进纬纱，所以工作的时候她总得站着，累得很。而这神奇的织布机及其构件，都是查皮尔卡人自己做的，看上去不仅不精细，还有点粗糙，但织出了那样美丽的毯子。

我一看她毯子上的黄色，便问："这是洋葱染吗？"遇到棕色我便问是不是某些树皮染成的。她很惊讶我怎么会知道，我说我也做植物染。我告诉她中国有非常悠久的植物、矿物染色的历史，而我今天只是用简单的植物染亚麻、棉和真丝。她毫无保留地给我推荐了几种智利常见色牢度很棒的植物，还告诉我，印加人和马普切人珍藏了许多植物染色的秘密。我告诉她，秋天成熟前青涩的柿子也是极好的染料，染出的帆布还能防水。我给她讲柿漆的制作方法，她十分高兴地记录了下来，说他们镇子里也有柿子树呢！

埃尔基谷的小镇，永远天晴，永远黑暗

上 | 小镇中心，洁白的老教堂

右上、右下 | 广场上的轮胎花盆，干旱的查皮尔卡也有自己的花园

查皮尔卡的手艺人和她的工作室。我最后选了左下图这一块小地毯，一直十分珍惜

  我们像遇到了远方的知音，她真诚地感叹："没想到咱们来自地球的两端，爱好却如此相近啊！"我挑选了一块她制作的植物染地毯，质感粗犷又温暖。

  这块毯子后来我一直当作床边毯来使用，每天看到它，就像回到了炎热无雨的查皮尔卡。

派华诺：葡萄地里的星空

路过派华诺（Paihuano），夜色即将落下帷幕。派华诺是一个公社，我们没有进入它的中心，只被沿路经过的民居吸引了注意力。道路沿着山的走势绕来绕去，房子则依山而建，面对街道，而它们身后就是干枯的荒山。

远处白白的羊群挂在山上，不知道它们是怎么站住的。羊粪刚拉出来就晒干了，黑黢黢的。我们在一处矮矮的崖边站了几分钟，看羊群着急地回了家，太阳下山只要3分钟。正说山头那束光好像一顶帽子，山头瞬间就灭了，山暗下只要几秒钟的时间。智利的群山如此壮丽，居住在这儿的人们靠山辨认方向，极为浪漫。

许多民居是用木头、石头建的，依据自家喜好，有的被涂成蓝色，有的被涂成橙色，越是在小镇，越能体会智利人对色彩的热衷。趁没人，我站在一个个小院儿门口张望。因为没什么雨水，院子里摆放着的布艺沙发也不见脏。灰尘嘛，掸一掸就下去了。家家户户没有不养花的。讲究一点的围栏都被藤蔓围满，让人望不进去。顶上挂着、地上也摆着大大小小的花盆，塑料矿泉水大瓶子被剪了底儿，涂成紫色、画上圈圈，倒挂着也能养花，一个倒挂着的矿泉水瓶子被画成了眯着眼的女人脸，淡紫色的皮肤上画着一对佛像的眉毛，长势喜人的多肉垂下来，正好是这女人的波浪鬈发。风铃也是手工制作的，木头的、金属的，挂着几个山谷里植物结出的果实。沿街石头砌的水龙头也被一丛丛绿色植物装饰起来。

说智利人粗心大意吧，有时候他们也在乎得很。要是给他们摆一幅中国画，他们能大笔一挥给你填满。涂个墙，墙边管道也不放过，

太阳下山前的派华诺，人们的生活细节叫人感动

画那也是大笔一挥，细节爱管不管。智利的成年人也是孩子，没有童心谁天天画这些，没有玩心谁有工夫把自家小院儿捯饬成这样呢？他们不是为了齐刷刷地规划建造，不是做给游客看的空壳子。这些是他们的情趣和美学，有生活的痕迹在里面，是活出来的，自然生长出来的。

我们在一家餐馆里坐着，看太阳落山。一切都变成了橙色，你知道寒冷的夜晚要降临了。夕阳不愿走，给小镇披了条暖阳的毯子。我们就这样坐着，看男人、女人、小孩子，看门外向内张望的狗，看树落叶。像布鲁诺·舒尔茨（Bruno Schulz）所说，不是风吹动树林，而是树引起了风。时间花在哪儿了呢？发呆让时间也静止了。好像想了一些什么，又好像没有。

夜空猛然笼罩下来，还未出小镇，星空就降下来了。埃尔基谷围绕天文台的区域是一片暗夜保护区，限制人造光污染。2015年，在国际天文学联合大会上，国际暗夜协会宣布，位于智利北部埃尔基谷的大学天文研究协会（AURA）天文台所在地被指定为第一个国际暗夜天空圣地。该遗址将以智利著名诗人米斯特拉尔的名字命

埃尔基谷的小镇，永远天晴，永远黑暗

太阳将一切变成了橙色，寒冷的夜晚要降临了。我们就这样坐着，看男人、女人、小孩子，看门外向内张望的狗，看树落叶

名为加夫列拉·米斯特拉尔暗夜保护区（Gabriela Mistral Dark Sky Sanctuary）。暗夜保护区是地球上最稀有、最脆弱的黑暗之地。它除了对天文学的贡献外，还是许多濒危物种的重要栖息地。

因为没有在天文台预约观星，我们以为就要错过埃尔基谷美丽的星空了，却在回程途中看到了浩渺壮观的宇宙。我们驱车在路上，在一处旷野中停下，周围的葡萄地静悄悄的，天上的星星越看越近，最后几乎能摸到一颗。我对一切形式的灯光秀都感到厌烦。在埃尔基谷，这种厌恶得到了强烈的治愈。

我感受到一个人类站在大地上，和星空可能发生的联系。即便对一个毫无天文学知识的人来说，星空之美依然能唤起原始的惊叹。没有比在安第斯山脉的这处谷地面对星空，更让人难忘的事了。

在海边，沙漠里的迷雾森林

　　智利有这样一个地方，它在世界最干燥的沙漠阿塔卡马南边的戈壁上，却紧临大海，并自顾自长出一片天然的森林。大海、沙漠和小森林，怎么也放不到一块儿去的三种景色，却出现在弗莱乔治（Fray Jorge）国家公园里。而在人类真正学会珍惜它们之前，它们就已经在这里存在3万多年了。这也是智利最北方的森林，再往北去，这样的森林已经无法生长了。

　　从埃尔基谷的小镇出来，沿着高速公路一路向南，塔利奈山脉（Altos de Talinay）就在身边。在这片干旱的沿海地区，只有旱生植物能够生存。路边每隔一段就能见到些小小的房子，是加油站、小饭馆和小卖部。有许多居民没有店铺，便摆着摊位，穿着件颜色醒目的衣服，在路边挥舞着一条白色的布穗儿，像是太白金星手里拿的拂尘。他们往往搭个简陋的棚子，卖一些在烈阳下不会晒变质的干燥食物。可惜，它们并不对我的胃口。

　　在进入弗莱乔治国家公园之前，我们得准备食物和水，智利大

游荡在世界之南

上左、上右 | 沿着蜿蜒的小路往弗莱乔治国家公园开，沿途景观便是这样。马匹的大屁股发着光，仙人掌大得像怪物

下左、下右 | 尽管来前已经对这里有大致的了解，但刚刚进入徒步栈道还是为这焦干的植物所惊讶，在这里生长可真辛苦

部分地区的自来水都是直饮水，而弗莱乔治国家公园里的水是没法直饮的，更没有什么卖食物的店铺。我们停在一家店铺前，发现它陈列着至少 20 种羊奶酪，原来这都是居民自制的，算是当地特产，以及番木瓜水果罐头和果干。女主人让我们掰几块尝一尝，可羊奶酪散发的强烈膻味儿让人没太多欲望。她看出了我的心思，笑着掰下一块软软的白色奶酪，说这个味道很温和。我尝了一口，香浓可口，竟完全没有膻味儿，于是买了一块，还买了一大罐女主人婆婆家做的生姜蜂蜜和几瓶水，便上路了。

我们顺着崎岖的土路往下开。难以想象在干旱到饮用水都很难取得的地方，竟还有人类居住，旷野上有几处零星的房子，仔细一看又不大像是人们的家——智利人对家的环境更用心，不管多么落魄的小屋，也一定有所装饰。而这些房子太新、太简洁，我猜可能是在这儿放牧的牛仔休息的小屋。路边的仙人掌比我还高，开着一串串红色小花。马匹英气逼人，淡驼色大马的身体踩着一双洁白的脚，而深棕色皮肤的那一匹肌肉线条像在发光。原野上的马对自己的性感毫不自知，它们抬头望我们一眼，继续溜达找吃的。

在抵达弗莱乔治国家公园入口前，手机已经没有信号了。这样开了大约半个小时，我们到了公园大门。票价便宜得出奇，成人只要 3000 比索，就是 20 多元人民币。工作人员叮嘱我们，进入景区后顺着路标行驶，每隔一段会有工作人员给予指引。景区不得吸烟，车要在徒步栈道前停好。这里的工作人员都全副武装——帽子、墨镜、防晒服，几乎看不到他们的真正模样。这时，我的胳膊已经晒红了，热出了一身汗，工作人员却叮嘱我最好穿上外套。

随山缓慢爬行，万里无云的蓝天突然出现了一堆堆白云。在冲上一个山坡之后，我们仿佛进入了云层里。云朵这么低，像在飞机上看到的那样触手可得。一个小牌子上写着：距离湿润森林还有 1

千米，请尊重小径。

从车里钻出来，顿时感觉比公园入口处清凉许多。这里的云彩变成了絮状，轻飘飘的，棉花糖似的粘在我们脑袋上，回头看身后那片蓝天，那边却一丝云也没有，好像跟什么神仙说好了，绝不跨过某条人类看不见的边界。再往里走，便看到了徒步栈道，曲曲折折的栈道带着我们通向森林。

此时植被已经丰富起来，不过是科金博地区常见的那些植物品种。一种菊科植物 vautro，肉肉的叶片给它存足了水分，给这片景色带来些细小的绿色。一些远看不知是死是活的灌木，不经意间竟开出红色的小花。许多像烧焦了一般呈现出灰白色的树枝、树干，依然有许多寄生于其上的干枯地衣。

身边植被越来越丰富，仅在十几分钟前，我还在干燥的太阳下热得发脾气，此时已经完全凉快下来了。抬头发现一处观景台，浓雾遮挡着看不清究竟是什么景。在原地站了几分钟，浓雾居然慢慢散去，才发现山下竟是大海。海浪的声音此时也热烈了起来，在看到海之前，似乎忽略了浪的声音。突然觉得旁边窸窸窣窣的，以为是些小蜥蜴，来的路上已经见过不少了。没想到却是一只小狐狸。要不是尾巴更大、更漂亮，小狐狸就像一只俊俏的小狗。

从观景台继续往下走，毫无准备地进入了一片密林。这是只有在智利南部湿润气候下才能见到的景象，林子里植物密布,种类丰富。在这 100 平方千米的公园里，小森林仅占其面积的 4%。而这片小森林之所以能够存在，得益于这里独特的小气候。寒流和暖流在这儿碰撞，让海水蒸发产生云和雾气，雾气凝结挂在山坡上，就是这片小森林的水源，滋润着亚热带的植被，让这些植物在被半干旱灌木丛包围的情况下，依然得以生存。这片森林是末次冰期的遗迹，但随着气候变暖，智利北部沙漠不断南移，这片珍贵的小森林也在不

在海边，沙漠里的迷雾森林

上 | 往里没走多久，云彩越来越多，发现徒步栈道下方就是大海。在这一段，植物逐渐绿了起来

下左、下右 | 植物密布的林子里，瞬间凉爽了下来

断萎缩。要说起来，这繁茂的小森林可得好好感谢这些雾气啊！栈道上的指示牌说：在这里，保护云彩就是保护植被。

今天的弗莱乔治国家公园是 1627 年由方济各会的一名牧师发现的，当时这片区域缺乏木材，他骑着驴找到这片小森林后，砍伐了不少木材运回拉塞雷纳，建造旧金山教堂的钟楼。1941 年，弗莱乔治国家公园建立，由智利森林管理局直接管理。联合国教科文组织在 1977 年将该国家公园纳入生物圈保护区。这片被半干旱地区包围的绿洲，与智利南方的湿润森林有一些相似之处。不同的是，这个生物圈保护区几乎涵盖了智利所有典型的地中海物种。

据当地植物保护红皮书介绍，弗莱乔治国家公园有植物 706 种，其中濒危物种 10 种，易危物种 84 种。因为这里空气湿度很高，让挂在树间的附生地衣得以生长。弗莱乔治国家公园有记录的动物为 227 种，大多是鸟类，其次才是哺乳动物和爬行动物。听说许多来弗莱乔治国家公园的游客在这里见过蜂鸟和野猪，而在这些保护物种中，鹞鸰、游隼和洪堡企鹅都濒临灭绝。这片迷雾中的森林枝繁叶茂到让人觉得，这是在雨林深处才能见到的景象。青苔密密麻麻地爬满大地和树干，树冠紧紧相连，只有零散的阳光能够射进来。树林里，温度瞬间降了下来，工作人员提醒我带的外套派上了用场。这片小森林比我预想的还小。旁边一位游客说，他 20 年前曾来过这里，即便是非专业人士，他也能明显感到这片森林正在收缩，他为此感到非常惋惜。

这只是小森林里不同小径中的一条，另一条稍短的小径，可供轮椅或残疾人士通行，那里还设有盲文阅读信息牌。我是在进入栈道之前读到这块牌子的,当时还纳闷,这一切景色不靠眼睛观察,能体会到什么呢?但从密林出来突然理解了,这段短短的栈道之行,树枝折断的声音、鸟叫虫鸣、小狐狸的脚步声、海浪的咆哮无不让人惊喜,甚至每行一段的温度差异、湿度的变化,都给人的感官留下丰富的感受和深刻的印象。人就是一个巨大的信息搜集器,我们能够体会的,比看见的更多。

从密林穿出来,阳光刹那间又热烈起来,像突然从另一个世界穿越回来。回到车里,我们买的奶酪已经快化了。就着矿泉水,一人嚼了一口软得跟棉花糖似的奶酪,像回到了不真实的世界。刚才的小森林、小狐狸、满地跑的小蜥蜴,才是这一天的真相啊!

把海景房分给墓地和监狱

在瓦尔帕莱索海边礁石上溜达,我们看见山包上有个小房子,走近了才看清是座面朝大海的墓碑。大约这人是在这里去世的,家人便在这儿建了座漂亮的纪念碑。小房子的窗户里锁着几束花,后面的低矮围墙上画着瓦尔帕莱索的模样。

经常能在智利公路两旁见到这样小小的祭台。因车祸去世的人,家人在那个车祸发生的位置建一座这样的小房子,粉刷上漂亮的颜色,放上逝者的照片,亲人会常来清扫、更换鲜花。

我问胡安:"这些公路两旁的地政府不管吗?可以随意建造吗?"胡安说:"政府没有明文规定,一直以来是尊重此类行为的。"我说:"既然可以建造死于车祸的人的纪念碑,那不是也可以钻空子随意建造个别的?"说完这话,身旁几个智利人看着我,表示不解:"为什么要建别的呢?有这个必要吗?"

旅行多日,除了非法移民在路边支起的摊位和帐篷,确实没见着别的。

把海景房分给墓地和监狱

智利海边常有这样面朝大海的墓地

中国人地关系紧张，对土地有焦虑感，逢空就想利用起来。

瓦尔帕莱索海边惊涛巨浪，南太平洋野性的力量冲刷着礁石，在礁石上看景也不敢走太近，碧蓝的海水像凶猛的野兽一般，时时有可能把人吞掉。盛夏，这里也带着凉意，海风吹久了，还得穿件外套。能观赏如此海景的是周围小山上的居民，居住在这里的人真是受到上天的馈赠，他们的房子大多色彩艳丽，饱和度很高。走着走着，发现一片淡黄色的不过两层的矮楼，整齐划一，像是开发商建造的，看着没啥意思。

刚要绕走，我公公文森特说这是当地人的墓园。有钱人的墓园在右侧的二楼里，没钱人的是左边的普通墓地。有钱、没钱的，我看都是豪宅。进不去墓园，只能扒栅栏往里看。淡黄小楼的墙壁略显斑驳，因为雨水少，墙皮脱落的部分也是明亮的颜色。门口一棵橄榄树，下面最重要的墓碑上，写着一位去世于奥古斯托·皮诺切特（Augusto Pinochet）统治时期的神父的名字，说他生前是个大善人，和最贫苦的穷人站在一起。

墙上还挂着不少小牌子，上面写着逝者的名字，他（她）生前是个怎样的人，死于什么原因。看到一块牌子上，记录的是七八十年前死于难产的小姑娘，去世时仅17岁。这些小牌子上记录着不同年龄、性别、生平故事的人，阅读它们很有趣，像在看一个个生命鲜活的疼痛与快乐，那么具体而真切。上行的楼梯上写着乌拉圭诗人马里奥·贝内德蒂（Mario Benedetti）的诗 *Desaparecidos*，诗名翻译成中文应该是"失踪者"的意思，用来悼念那些死于皮诺切特统治时期的人。

我心想，把这样的美景分给逝者太"浪费"了，放在中国，海景房早就被开发商拿去建高端酒店和度假房了。智利人未必是更慷慨，只是确实不缺，这么狭长的国家，一半地方都挨着海，海景房不是稀缺品。就像拥有许多爱的人，也能分给别人许多爱。越精于计算，可能正因为匮乏。

智利人每年11月1日会去扫墓，就像我们的清明。智利一些地区的人，会在除夕夜全家聚在墓园，和逝去的亲人一起跨年，和我们的春节期间挂青扫墓是一个意思。我一直觉得，拉丁美洲人对于死亡的态度，有和中国非常接近的地方。

在过去的智利乡村，若是有家人去世，人们会在葬礼上雇佣一些职业哭丧人（Lloronas）来为葬礼提供持久的哭声。中国乡下也有这类职业。在智利做这个职业的一般是女性，她们戏剧性的抽泣、充满张力的泪水被认为可以净化死者的灵魂。在过去，智利人在人去世后也会守夜，哭丧人在这些夜里为素不相识的人哭泣。事后，他们会得到一些马黛茶、面粉或者钱。在今天，这样的职业已经基本见不到了。

很多年前，文森特曾见过两次这样的葬礼，如果给的钱越多，哭丧者会哭得更卖力，大滴大滴的泪水喷涌而出，哭得捶胸顿足，肢体散发着悲伤，头发也乱了起来。这当然是一种表演，但它契合人们普遍认为的葬礼需要这样悲痛的气氛。

据说在过去，未满3岁就死去的孩子在智利被称为小天使，他们的葬礼会有个特殊的仪式，人们不断诵念念珠和唱天主教歌曲，伴随着午夜晚餐，燃香、喝一种叫 gloriao 的酒。桌上放着不同的宗教图像，点燃一支被白花包围的蜡烛，建造一个小小的祭坛。死去孩子的尸体被装扮成天使的形象——身着白色束腰外衣，扎着象征着天堂的蝴蝶结，戴上小翅膀。这一切准备工作就绪之后，这个孩子就能踏上天堂之旅了。在这样特殊的葬礼上，人们会喝柠檬马鞭草水驱走痛苦，不可哭泣或哀悼，当地人认为这样才能保证孩子灵魂的洁净。智利有首民歌 *Rin del Angelito*，讲的就是这样一个小天使的葬礼，很好听。

从瓦尔帕莱索这片墓园门口向外望去，深邃的南太平洋显现出五六种颜色，刚要走上前去数，白花花的碎浪就给冲散了。拐角处的灯塔早已不再使用，但依然红红的，伫立在那儿，作为这一片和谐之美的一部分，瓦尔帕莱索人依然认可它的存在，只是美成了它今天唯一的功能了。

"民居这一侧是墓地，民居那一侧更远处是什么呢？"我问。文森特说："那是一座监狱，犯人每天也能看到这片大海。"我甚至有点羡慕了。为什么要把"海景房"也分给犯人呢？文森特说，大海能净化他们的心灵吧！

在圣地亚哥，将军公墓美不胜收，我甚至遛弯也乐意去那里。这片公墓建于1821年，至今大概有200万人被葬在这里，仔细找找能发现不少智利名人。这块土地在圣地亚哥市中心，大到有点华丽了。郁郁葱葱的花园和雕塑，祭台上放满了鲜花、玩偶、小玩意儿，

上 | 圣地亚哥将军公墓美不胜收。比奥莱塔·帕拉（Violeta Parra）的墓前鲜花不断，似乎总有人来祭奠

下左、下右 | 每一座墓碑都不一样，除了摆放鲜花以外，还装饰着这人生前喜好的物件。下左图的墓碑前，放着此人生前爱宠的雕像。下右图的墙上写着纪念逝去儿童的句子

让人觉得在这样明艳的阳光下，逝去的人日子也过得不赖！三次转到音乐家、民俗学家比奥莱塔·帕拉的墓前，她是写完《感谢生命》（*Gracias A La Vida*）后去世的，这首歌曾无数次打动过我。

参观人数最多的纪念碑应该是前总统萨尔瓦多·阿连德的纪念碑，在1973年政变中，以身殉职的阿连德被安葬在比尼亚德尔马公墓，在20世纪90年代开始的民主变革中，阿连德的遗体被挖掘出来，庄严的游行队伍穿过圣地亚哥的街道，将他运送到圣地亚哥将军公墓。墓地还有一座巨型纪念碑，纪念在皮诺切特推翻阿连德之后的独裁统治期间，失踪和被处决的人们。他们的名字被刻在纪念碑上，周围的假山石块上也放着这些失踪者的照片。在受害者姓名名单上面，智利诗人劳尔·朱利塔（Raul Zurita）所写的那句话极为醒目："我所有的爱都在这里，并且粘在岩石、大海和山脉上。"

墓园没有阴气森森的感觉，反而像个城市公园。在墓园里痛哭的人，走出墓园便走进对面的酒吧 El Quitapenas，意思是卸下你的悲痛——刚刚在墓园里葬下至亲的人，转身就来这儿喝酒、聊天，卸下悲痛了。这并不会让智利人感到矛盾或者充满负罪感，毕竟文化不是这样教育他们的。在智利人看来，追悼逝者和及时行乐两件事同样重要。中国人对待死亡是悲恸沉重的，再温和些也不过是解脱，绝不能生出一丝喜悦，那是大逆不道、违背事理的。事理在不同文化中是如此不同，智利人对待死亡的态度要轻快许多。

在这里遇见一位孤独的中年男人，他胖胖的，在墓园里忧郁地转了好几圈，几次要迎面他就转了弯。临走时，我们看见他一个人像一座房子一样坐在一面单人床大的祭台上，手里揪烂了一朵向日葵，烈日下他沮丧的脸就要哭出来了。

后记

　　想起我刚到智利的第一天，拍了一段视频发给国内的朋友，他说："嗨，你为什么不这样拍下去呢？把你在智利生活的每一天分享给大家看。"于是，我毫无计划地开始用视频记录每日的生活。山海和夕阳、开了三代人的酸奶店、不靠谱的邻居和善解人意的陌生人……这些日常小事，加上身居地球另一半的那种细碎的孤独、转身又突然被什么傻乎乎的温暖治愈……不仅被做成了几百个话题的视频，也恰好为这本早已计划的小书搜集整理了素材。我总相信，打动了我的，必然也能打动别人。记录它们，再尽可能如实讲给国内的朋友听，就是我的初衷。

　　说是写智利，这本书只以我这一年生活的圣地亚哥为原点，行走了智利长长的地图上中间的一小节而已。在交稿后的每个月，新的见闻、思考依然大量涌来，尤其引起我注意的是它极为固化的社会阶层，以及这种阶层意识在日常琐碎中的微妙体现——因为我发现不能体会他们在阶层意识上的敏感，是不可能读懂智利人的。而南美洲最南方的巴塔哥尼亚、世界上最干燥的沙漠阿塔卡马，以及美丽多雨的湖区也将连同这一切日常观察被写进我的下两本书里。

　　前几日朋友问我，在智利的一年生活对我有什么改变？我仔细想，最显著的莫过于心灵上的变化。

智利的生活总围绕着大自然，我居住的地方能看见安第斯山，一天到晚山景都在发生变化，伴随着鸟鸣和无风的热烈阳光，我慢下来了。能真切感受到大自然的治愈，它无声地让人变得更柔软坚定。在国内时，被某种大环境裹挟却未必自知的那种焦虑感消失了。心之所愿的东西便浮现出来。也很少催促自己，警醒自己"不这么做就晚了"。因为我诧异地发现，在智利闲散的生活中，我对自己热爱的事更为专注了。

我把这种心灵上的变化分享给朋友，常得到的回答是：啊，这好治愈。这治愈大概就是南美洲文化里那种"庆祝什么也不干的一天"的气氛所带来的。我第一次听这话时，觉得它是今日中国人生活逻辑的反面，光看这句话就让人心慌，这怎么了得？这太荒诞了。可我就是被这样荒诞的人事治愈了焦躁的内心啊！

这几年经历疫情的创伤，人人都在寻求一点心灵的抚慰，我猜想，这来自南美洲小国的荒诞生活手记就是送给大家的一颗糖。

园有桃
2023 年 5 月

责任编辑：朱丽莎
装帧设计：秦逸云
责任校对：高余朵
责任印制：汪立峰　陈震宇
图片提供：园有桃
　　　　　www.pexels.com
　　　　　pixabay.com
　　　　　unsplash.com

图书在版编目（CIP）数据

庆祝什么也不干的一天：智利生活手记/园有桃著. -- 杭州：浙江摄影出版社，2023.5
ISBN 978-7-5514-4449-1

Ⅰ.①庆… Ⅱ.①园… Ⅲ.①散文集—中国—当代 Ⅳ.① I267

中国国家版本馆 CIP 数据核字 (2023) 第 058574 号

QINGZHU SHENME YE BU GAN DE YITIAN: ZHILI SHENGHUO SHOUJI

庆祝什么也不干的一天：智利生活手记

园有桃　著

全国百佳图书出版单位
浙江摄影出版社出版发行
　　地址：杭州市体育场路 347 号
　　邮编：310006
　　电话：0571-85151082
　　网址：www.photo.zjcb.com
制版：浙江新华图文制作有限公司
印刷：浙江海虹彩色印务有限公司
开本：710mm×1000mm　1/16
印张：14
2023 年 5 月第 1 版　2023 年 5 月第 1 次印刷
ISBN　978-7-5514-4449-1
定价：68.00 元